스켈레톤 마스터

WISHBOOKS GAME FANTASY STORY

더페이서 게임 판타지 장편소설

스켈레톤 마스터 16

더페이서 게임 판타지 장편소설

초판 1쇄 찍은 날 | 2019년 9월 17일
초판 1쇄 펴낸 날 | 2019년 9월 24일

지은이 | 더페이서
펴낸이 | 예경원

기획 | 위시북스
편집책임 | 이규재
편집 | 위시북스

펴낸곳 | 예원북스
등록번호 | 제396-2012-000132호
등록일자 | 2012. 7. 25
KFN | 제1-465호

주소 | 경기도 고양시 일산동구 호수로 646-24 위너스21 II빌딩 206A호 (우)10401
전화 | 031-819-9431 팩스 | 031-817-9432
E-mail | yewonbooks@naver.com

ISBN 979-11-365-0161-5 04810
979-11-89348-43-4 (set)

※ 이 도서의 국립중앙도서관 출판시도서목록(CIP)은 서지정보유통지원시스템 홈페이지(http://seoji.go.kr)와 국가자료공동목록시스템(http://www.nl.go.kr/kolisnet)에서 이용하실 수 있습니다.

스켈레톤 마스터
16
WISHBOOKS GAME FANTASY STORY
더페이서 게임 판타지 장편소설
Wish Books

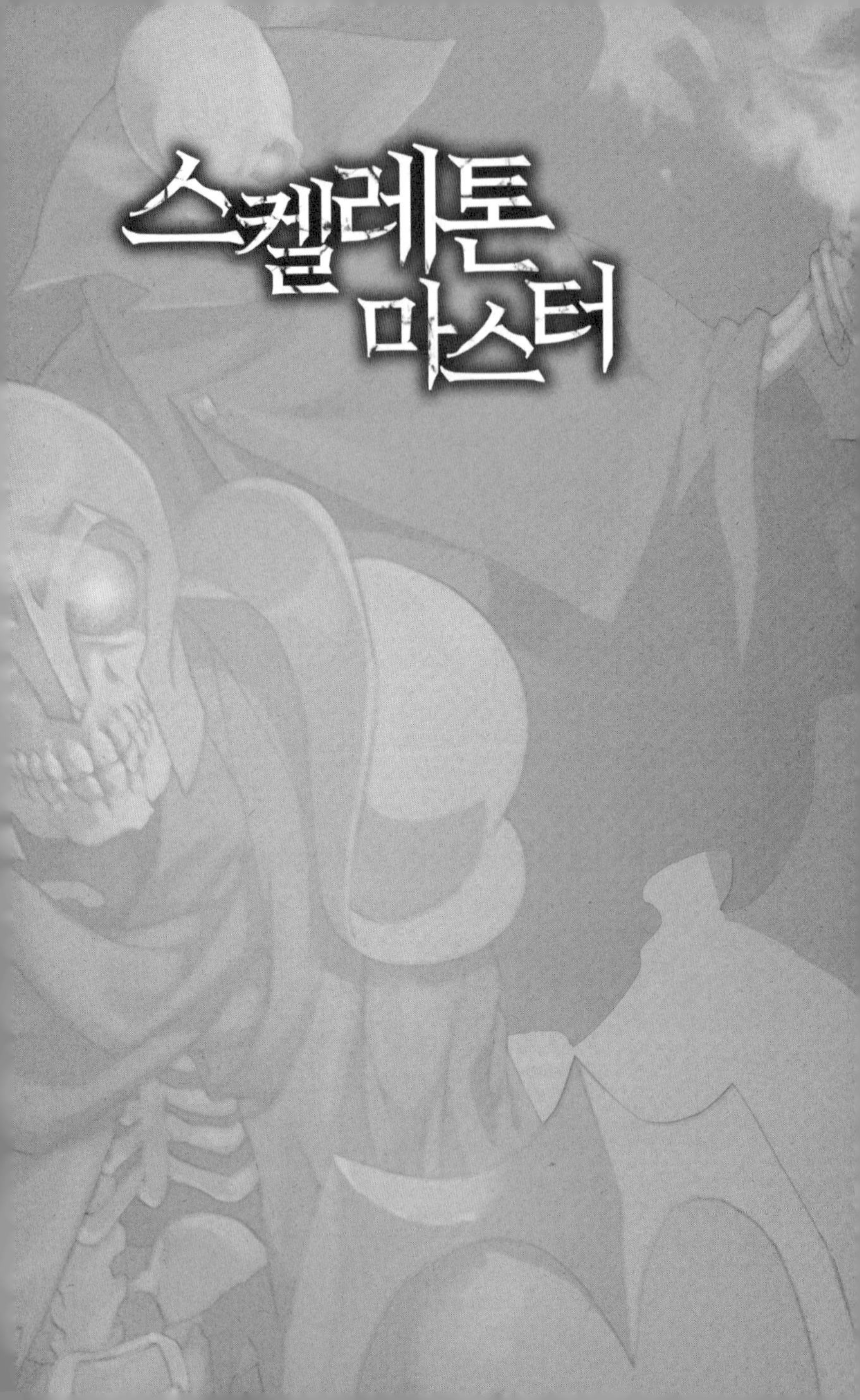
스켈레톤
마스터

✦✦✦ CONTENTS ✦✦✦

제1장
알베타르 신전

알베타르 신전의 마지막 장소로 돌아온 무혁.

"오빠!"

"오래 기다렸지? 미안."

"괜찮아. 근데 뭐 하다 온 거야?"

"성전사랑 대신관 좀 살리느라고."

"아, 마계로 보내려구?"

"응. 다 보내고 왔어. 미안, 혼자만 갔다 와서."

"괜찮아. 어차피 한 팀인걸."

예린의 말에 무혁이 부드럽게 웃었다. 그녀와 함께 걸음을 옮기며 성민우에게 다가갔다.

"여, 왔냐?"

"어. 뭐 찾은 건 없고?"

"아무것도 없던데."

"그래?"

"어. 이제 시간도 별로 없고. 빨리 같이 찾자고."

무혁은 대답하는 성민우의 표정을 유심히 살폈다. 어색한 몸짓으로 탐색을 하는 것처럼 연기하던 모습. 한쪽 입꼬리가 올라갈 듯 말 듯 꿈틀거리고 있는 표정. 그 두 가지만으로도 거짓말을 하고 있음을 확신할 수 있었다.

'뭔가 찾았구나.'

잠깐 어울려 주고 싶었지만 남은 시간이 얼마 없었기에 고개를 저었다.

"너무 티 난다."

"응? 무, 무슨 소리야?"

"딱 봐도 뭔가 찾은 것 같은데?"

"아, 아닌데?"

"웃고 있잖아."

"아니거든?"

"맞구만. 뭔데? 시간 없다고."

"진짜, 아닌데……."

"아니긴 무슨."

그에 지켜보던 두 사람이 한숨을 쉬었다.

"하아, 오빠. 진짜 연기 못 한다."

"휴우……."

예린은 그렇다고 쳐도 김지연까지 한숨을 쉴 줄이야.

"그, 그게……."

성민우는 세상이 무너진 표정으로 울상을 지었다.

"뭘 또 그걸로 울려고 그래?"

"우는 거 아니다……."

"울기 직전이구만, 뭘."

"……."

더 말해봐야 못난 모습만 보일 뿐이었다. 성민우는 고개를 숙인 채 힐끔 김지연의 눈치를 봤다. 다행스럽게도 평소와 같은 상태였지만 한숨을 쉬던 모습이 눈앞에 아른거렸다.

'이 멍청한 놈아…….'

속으로 자책하며 고개를 들었다.

"자, 이거나 봐라."

"뭔데?"

"뭐겠냐. 힌트지."

무혁은 힌트라는 말에 일루전TV를 끄고서 성민우의 손에 들린 문서를 확인했다.

서쪽, 얼어붙은 구역 깊은 곳. 개척되지 않은 장소에는 세상을 뒤덮을 강력한 기운이 잠들어 있다.

누가 봐도 다음 지역의 힌트임을 알 수 있을 정도였다.

"서쪽, 얼어붙은 구역."

"홈페이지에 검색을 해봤는데 안 나오더라고."

"힌트 받은 것만 해도 다행이니까, 천천히 찾아보자."

"오케이."
"그럼 이제 나가볼까."
더 이상 이곳에 있을 이유가 없었다.

[전원 게이트에 올라왔습니다.]

메시지와 함께 게이트가 작동했다.
후우우웅.
빛과 함께 몸이 떠올랐다.
시야가 돌아온 순간 이곳이 신전의 외부임을 파악할 수 있었다. 곧바로 군마에 탑승한 채로 질주했다.
"근데, 오빠는 뭐 얻었어?"
"아, 나는 스킬."
"스킬?"
"응, 알베타르의 재능이라는 건데 스킬 두 개를 조합할 수 있는 거 같더라고."
예린의 표정이 미묘해졌다.
"으음, 좋은 거지?"
"그럼. 충분히 좋아."
"다행이다."
"너는?"
"아, 나는 잠재 능력이라는 스킬이던데?"
"잠재 능력?"

"응, 몬스터를 사냥해서 경험치를 올릴 때마다 잠재 능력이 상승하는데, 일정 수치에 도달하면 스탯으로 변환할 수 있다고 나와 있어."

무혁의 눈이 조금 커졌다.

"이야기만 들어도 좋아 보이는데?"

"그치? 나두 엄청 만족해."

이야기를 하다 보니 성민우와 김지연이 획득한 것도 궁금해졌다.

"민우야, 넌?"

무혁의 질문에 성민우가 씨익 웃었다.

"그 질문을 기다렸다."

"미친놈."

"크흠, 난 무려 정령 성장 시스템 스킬을 얻었다고!"

"정령 성장 시스템?"

"어, 대박이지?"

"스킬 내용을 모르는데 대박인지 쪽박인지 어떻게 알아."

"크크, 부러워하기는."

무혁이 고개를 저었다.

"뭔 내용인데?"

"정령 성장도를 끝까지 올리면 해당 정령의 70퍼센트 능력을 지닌 하위 정령을 소환할 수 있는 스킬이라고."

"호오, 70퍼센트 능력?"

"어, 쩔지?"

"괜찮네. 한계는?"

"24마리."

생각보다 더 많았다.

"진짜 좋은데?"

"그치? 진짜 에피소드2의 숨겨진 힘이 말도 안 되는 수준이라고! 우리 적어도 하나 정도는 더 얻자. 무조건!"

성민우의 스킬을 들으니 더욱 궁금해졌다. 사제, 김지연은 어떤 걸 얻었을까.

"저, 저는 즈, 증폭이라는 스킬이에요."

"증폭?"

"네에. 패시브인데 모든 스킬 범위가 2배 증가하고, 효율이 1.5배 증가한다고 나와 있어요."

이 역시 정말 대단한 스킬이었다.

"그럼 단일 치유 마법은 2명에게 적용이 되는 거겠네?"

"네에, 맞아요."

"보호막 효율도 2배고, 치유 효율도 2배고?"

김지연이 고개를 끄덕였다.

"이것도 대박인데?"

"진짜 다들 하나같이 좋은 거 얻었네."

진정 누구 하나 뒤떨어지는 게 없었다.

30분을 달려 도착한 작은 마을. 오랜만에 제대로 된 식당에 들러 맛있는 요리를 대거 주문했다.

"요리 나왔습니다!"

"오오……!"

"또 나왔습니다!"

"좋구만!"

"또……."

원형 탁자 위로 음식이 가득 놓였다. 통구이, 매콤한 볶음요리. 가재, 크랩, 새우 등. 각종 해산물까지.

모두 거침없이 먹었다.

"맛있어……!"

"쩝쩝, 진짜, 쩝쩝, 맛있다. 쩝."

한참 동안 말없이 배를 채우던 무혁의 손놀림이 느려졌다.

"후, 잘 먹었다."

가장 먼저 젓가락을 내려놓았다.

"더, 으음, 안 먹어, 오빠?"

"어, 많이 먹었어. 천천히 먹어. 난 스킬 좀 보고 있을게."

"우웅."

예린의 볼을 한 번 꾸욱 눌러준 후 스킬창을 열었다.

1. 스킬을 조합하여 새로운 스킬을 얻는다고 하더라도 기존의 스킬을 사용할 수 있다.

2. 조합에 성공할 경우, 하위 스킬 2개는 다른 어떤 조합에도 다시 사용할 수 없다.

3. 조합에 3번 이상 실패할 경우 해당 조합을 다시 사용할 수 없다.

[조합할 스킬을 선택해 주십시오.]

[첫 번째 스킬 : 죽은 자의 축복]
[두 번째 스킬 : 어둠의 정령]
[두 가지 스킬을 조합하시겠습니까?]
[Yes/No]

예스를 누르려던 무혁이 잠깐 멈칫거렸다. 성공하면 조합할 때 다시는 죽은 자의 축복과 어둠의 정령을 사용할 수 없게 된다. 혹시라도 더 좋은 조합이 있지 않을까 다시금 머릿속으로 생각을 정리해 봤다. 이런저런 스킬의 조합이 떠올랐지만 이내 무혁이 고개를 흔들었다.

'아니, 그래 봐야 결국 추측인가.'

일단 시도를 해보는 수밖에 없었다.

"후우."

심호흡과 함께 예스를 눌렀다.

[스킬 '죽은 자의 축복'과 '어둠의 정령'이 합쳐집니다.]
[조합 시도 중…….]

10, 20…… 무혁은 두근거리는 심장을 억누르며 눈을 질끈

감았다.

'제발.'

속으로 기도하며 눈을 떴으나, 이제 겨우 40퍼센트. 그사이 성민우가 음식을 모두 먹었는지 상체를 뒤로 젖혔다.

"후아, 배 터지겠다. 어우……."

"다 먹었냐."

"어, 스킬 확인은 다 했고?"

"지금 조합 중이다."

"호오, 무슨 스킬?"

"죽은 자의 축복이랑 어둠의 정령."

"엥? 그거 두 개를?"

"어."

"스켈레톤 마법사랑 죽은 자의 축복, 두 개 조합하면 치유 계열 스켈레톤 나오지 않으려나?"

"그렇게 생각하기는 하는데. 그것보다는 날아다니는 정령이 치유 마법을 사용하는 게 더 효율적이지 않을까 싶어서."

"오오, 그렇겠네."

"물론 추측이라 어떤 스킬이 나올진 모르지."

"하긴……."

"이제 90퍼센트다."

96, 97, 98…….

[조합에 실패하셨습니다.]

무혁의 주먹에 순간 힘이 들어갔다.

"아……."

속으로 욕을 삼키며 심호흡을 뱉었다.

"뭐야, 뭔데?"

"오빠, 원하던 거 나온 거야?"

"아니."

"그럼?"

"실패했단다, 조합이."

순간 침묵이 내려앉았다.

"후, 괜찮아. 다시 해봐야지."

무혁은 같은 스킬로 다시 한번 조합을 시도했다.

[스킬 '죽은 자의 축복'과 '어둠의 정령'이 합쳐집니다.]

[조합 시도 중…….]

성민우, 예린, 김지연. 세 사람 모두 무혁만 쳐다봤다.

"오빠, 몇 퍼센트야……?"

"90퍼센트."

다시금 99퍼센트에 도달했다.

'제발, 제발……!'

또 실패하면 위험부담이 너무 커진다. 반드시 성공해야만 했다.

이윽고 100퍼센트에 도달했고.

[조합에 성공하셨습니다.]
[스킬 '암흑 치유의 정령'을 습득합니다.]
[새로운 종의 정령이 탄생했습니다.]
[불가능한 업적을 이뤘습니다.]
[업적 포인트(2000)를 획득합니다.]
[정령계에 영향력을 끼칩니다.]
[정령왕이 당신에게 호감을 가집니다.]

메시지를 확인하는 순간 무혁은 자기도 모르게 환호를 내질렀다.
"아자!"
순간 시선이 집중되었지만, 신경 쓰지 않았다.
"성공했어?"
"어, 대박이야!"
"무슨 스킬인데?"
"암흑 치유의 정령."
"헐, 이름만 들어도 뭔지 딱 알겠다."
"와, 오빠. 완전 축하해."
무혁은 싱글벙글 웃으며 고맙다는 말을 전한 후 급히 스킬을 확인했다.

[암흑 치유의 정령]
순수한 어둠과 치유의 힘이 하나가 되어 탄생한 새로운 종이다.

곧바로 정령을 소환했다. 그러자 눈앞으로 자그마한 녀석이 나타났다. 검은 몸체에 새하얀 빛을 발산하는 신비로운 녀석이었다.

잠시 감상에 빠져 있던 무혁은 정신을 차리고 녀석의 상태를 확인했다.

이름 : 암흑 치유의 정령

레벨 : 1

치유력 : 50

기력 : 50

죽은 자에게는 회복의 힘을 부여하며 산 자에게는 저주의 힘을 부여한다.

스킬 : 암흑 회복, 암흑 저주.

[암흑 회복]

죽은 자의 생명력을 회복한다.

치유력×120%

기력 소모 : 10

[암흑 저주]

산 자의 생명력을 갉아먹는다.

치유력×130%

기력 소모 : 15

정말로 마음에 들었다. 치유력이야 레벨 올리면 증가하는 거고. 회복을 어떤 방식으로 하는지가 가장 궁금했다.

'아, 그리고.'

무혁은 어둠의 정령 소환 스킬도 사용해 봤다.

[어둠의 정령을 소환할 수 없습니다.]

무혁의 미간이 찌푸려졌다. 조건 1번을 보면 분명 기존 스킬도 사용할 수 있다고 나와 있었다.

'왜 소환이 안 돼?'

다시 불러봤지만 역시 스킬이 사용되지 않았다.

뭔가를 놓쳤나 싶어 급히 알베타르의 재능을 확인했다.

"아……."

스킬을 사용할 수 있다고만 나와 있을 뿐, 동시에 사용할 수 있다고는 나와 있지 않았다. 무혁은 높은 확률로 추측이 맞으리라 예상하며 암흑 치유의 정령을 역소환했다. 그제야 어둠의 정령이 불려 나왔다.

'동시에는 안 되는 거였어.'

혹시나 해서 암흑 치유의 정령을 불러봤지만 역시 소환할 수 없다는 문구가 떠올라 무혁의 추측을 확신으로 바꿔줬다.

어둠의 정령을 역소환한 후, 다시 암흑 치유의 정령을 불러낸 무혁이 성민우를 바라보며 입을 열었다.

"두 녀석 동시에는 소환이 안 되네."

"아, 그래?"

"어."

"아쉽긴 하네. 그래도 괜찮은 거 아냐?"

"괜찮긴."

"아, 별로인가?"

"아니."

"그럼?"

"대박인 거지, 멍청아."

"아하!"

동시 소환이 불가능하다고 하더라도 암흑 치유의 정령은 그 어떤 것보다도 효율성이 뛰어난 스킬이었다. 허공을 날아다니며 스켈레톤을 치유해 주는 녀석을 떠올리기만 하면 그저 미소가 그려질 정도였으니까.

첫 번째 조합 스킬만으로 이런 결과물을 내었기에 앞으로가 더욱 기대가 되었다. 아직 조합해 볼 스킬은 많았다.

"오빠, 근데 이 정령 진짜 신기해."

그때까지도 정령을 구경하던 예린이 중얼거렸다.

"음? 뭐가?"

"검은색인데 흰빛을 뿜어내잖아."

"아아."

"자세히 보면 귀엽기도 하고……."

예린이 손을 뻗자 정령이 그녀의 손바닥에 올라갔다.
"잘 따르네."
"헤헤."
그녀가 계속해서 정령을 구경하는 사이에 성민우는 나름대로 머리를 굴린 모양이다.
"곰곰이 생각해 봤는데 말이야."
"어?"
"그, 조합에 규칙이 따로 있다고 했었나?"
"있지. 세 개. 첫 번째가……."
자연스럽게 스킬 조합에 대한 토론이 오갔다.
"그렇게 세 가지 조건이라……."
예린도 들었는지 한 가지를 물어왔다.
"오빠, 아이템에 붙어 있는 스킬은 안 되는 거야?"
"응."
"풍폭, 잠력 격발, 윈드 스텝. 전부 안 되는 거네?"
"그렇지."
"흐음, 그러면 남는 게……."
그래도 꽤 많았다.
"스켈레톤 전사랑 아처를 조합하면 어떻게 되려나."
"글세, 조합 세 번 다 실패하든가. 아니면 진짜 황당한 스킬이 생성되든가. 둘 중에 하나겠지. 그리고 사실 그 조합은 썩 내키진 않아."
"엥? 왜?"

"동시 소환이 안 된다고 가정하면 한 마리부터 소환해서 다시 스킬 레벨을 높여야 하는 건데, 생각만 해도 소름이다."

"아, 그런 단점이 있었구만. 이거 진짜 어떻게 쓰느냐에 따라서 결과가 완전히 바뀌니까 고민 좀 되긴 하겠다."

"많이 되지."

"그럼 뭐부터 할 거냐?"

"글쎄."

무혁도 솔직히 고민 중이었다.

"그러면……."

그 와중에 성민우와 예린, 두 사람이 여러 가지 조합을 이야기해 줘서 상당한 참고가 되었다. 이야기를 모두 들은 무혁은 생각에 잠겼고 그 모습을 바라보던 나머지 세 사람은 조용히 그들끼리 이야기를 나눴다.

"참, 그 얘기는 해줬나? 일루전 시작하고 몇 개월도 안 된 시점이었지. 동창회가 있어서 오랜만에 전부 모였거든. 분위기 좋은 상황이었는데 허영찬이라는 녀석이……."

"와, 그래서?"

"무혁이 레벨로 눌러 버렸지."

"응? 레벨로?"

"어, 2개월 만에 31레벨 찍었다고 하니까 그냥 애가 아주 맛이 가버리더라고."

"대박! 그건 진짜 대단하긴 하다. 2개월 만에……!"

"그치? 진짜 대단한 놈이야. 지금은 랭킹 2위잖아."

무혁의 귀에는 들려오지 않았다. 세 번 실패하면 다시 못 쓰기 때문에 조합을 어떻게 하느냐가 매우 중요했다.

'으음……!'

약 5분 정도의 시간이 흐르고 난 후 눈을 뜬 무혁이 스킬을 사용했다.

[첫 번째 스킬 : 파천궁술 제1초식 일점사]

[두 번째 스킬 : 백호검법 제2초식 백호파]

일점사는 화살 일곱 대를 단번에 쏘아 보내는 스킬. 백호파는 끊임없는 연계 공격. 두 가지가 조합이 된다면 어떤 스킬이 탄생할까. 활과 검이라는 완전히 다른 계열의 스킬이 조합이 된다면 조금 더 도박적으로 진행해도 될 것 같았다.

그렇기에 이번 조합은 일종의 시험이라도 봐도 좋으리라. 여기서 실패할지, 아니면 성공해서 가능성의 길을 발견할지 확인을 해볼 심산이었다.

[조합 시도 중…….]

[조합에 실패하셨습니다.]

떠오른 메시지에 아쉬운 마음을 다독인다.

하지만 포기하지 않고 재시도했다.

[조합 시도 중…….]

인내하며 기다린 끝에.

[조합에 실패하셨습니다.]

또다시 실패 문구를 확인하고야 말았다.

역시 활과 검이라 조합되지 않는 것일까. 그렇다고 안전한 길로 가고 싶지는 않았다. 이건 앞서 말했듯이 시험의 의미가 깊었으니까.

물론 실패를 확신하고 두 가지 스킬을 무작정 버리려는 건 아니었다. 행운이 필요한 모든 것에 대하여 확률이 상승하는 칭호는 조합에도 적용이 될 것이 분명했다.

낮은 가능성이겠지만 성공할 수도 있다는 소리였다. 그러면 상성이 어긋나는 스킬도 조합될 수 있음을 목격하게 되는 것이고 그것은 곧 가능성이 되어 선택의 폭을 넓혀주는 역할을 하게 되리라.

'성공만 한다면……!'

주먹을 쥐며 결단을 내렸다.

'그래, 다시.'

[스킬 '파천궁술 제1초식 일점사'와 '백호검법 제2초식 백호파'이 합쳐집니다.]

[조합 시도 중…….]

무혁은 눈을 감고서 가만히 기다렸다.
두근, 두근. 거칠게 뛰는 심장의 고동 소리.
충분히 시간이 흘렀다고 생각될 즈음 천천히 눈을 떴다.

[조합에…….]

제발 뒤에 성공이라는 글자가 있기를.

[조합에 성공하셨습니다.]
[스킬 '쏟아지는 검'을 습득합니다.]
[어긋난 상성을 하나로 합쳤습니다.]
[상당히 어려운 업적을 이뤘습니다.]
[업적 포인트(800)를 획득합니다.]

희망이 현실이 되었다.
"우오오오!"
이번에도 역시나 함성을 지르는 무혁이었다.

그로부터 얼마 지나지 않은 시점. 무혁의 미간에 깊은 주름이 생겨났다.

“오빠, 왜 그래?”

“아, 실패해서.”

“세 번 전부?”

무혁은 힘없이 고개를 끄덕였다.

‘아깝네, 진짜.’

파천궁술 제2초식과 백호검법 제1초식을 조합했지만 세 번 전부 실패했다. 그 탓에 이제 더 이상 두 가지 스킬을 어떠한 조합에도 사용할 수 없게 되었다.

‘괜찮아, 제물이라고 생각하자.’

제대로 된 조합에 앞서 바치는 제물.

세 번이나 연속으로 실패한 만큼, 이번에 시도하는 조합에서는 성공할 가능성이 그만큼 높아진 상황이다.

[첫 번째 스킬 : 파천궁술 제3초식 파천사]

[두 번째 스킬 : 백호검법 제3초식 백호참]

[Yes/No]

각 무공의 3초식 두 개. 예스를 눌렀고. 실패를 맛봤다. 두 번째도 마찬가지였다. 반복되는 실패. 이제 정말 마지막으로 남은 한 번의 기회에 행운이 깃들기를 바라며 예스를 눌렀다. 퍼센트가 천천히 올라가는 모습이 너무나 답답했다.

‘느리다.’

이 앞에 성공이 있다면 카타르시스가 크겠지만 실패한다면 실망감은 몇 배로 다가올 것이 분명했다.

'제발……!'

1, 2초식도 아닌 3초식이 아니던가. 이것만큼은 부디, 조합되기를.

[조합에 실패하셨습니다.]

떠오른 글귀에 무혁은 고개를 숙였다.

'젠장……!'

이번에도 실패하고 말았다. 역시 무리였나? 너무 큰 것을 바라고 있는 건 아닌지 다시금 고민에 빠진다.

그럴 수밖에 없는 것이, 성공만 한다면 정말 대단한 스킬이 될 것 같은 조합들이 몇 개 있다. 그러한 스킬들을 어느 정도의 확률로 성공시킬 수 있을지, 가늠할 수 있는 토대가 필요했다.

그러나 이런 식으로 계속하다가는 괜찮은 스킬이 전부 날아갈지도 모른다는 불안감이 들었다. 성공 가능성이 있는 스킬 몇 개를 미리 만들어두는 것도 괜찮을 것 같았다.

근력 증가와 체력 증가를 조합한다면? 성공은 할 것이다. 하지만 어떤 스킬이 나올지 너무 뻔했다. 게다가 어둠의 정령과 마찬가지로 동시에 사용할 수 없는 스킬이 된다면 크게 도움이 되지도 않으리라.

'그래, 차라리……!'

공격 스킬과 보조 스킬을 조합하는 게 더 나을 것 같았다. 그래서 파워대시와 근력 증가를 선택했다.

[두 가지 스킬을 조합하시겠습니까?]

'제발 좀 성공해라.'

여섯 번이나 연속으로 실패를 했다. 그 탓에 백호검법과 파천궁술은 더 이상 사용할 수 없는 상황. 지금 조합하는 이 스킬마저 실패한다면 진심으로 짜증이 폭발할 것만 같았다.

99…… 이윽고 100퍼센트에 도달했을 때.

[조합에 성공하셨습니다.]

[스킬 '파괴자의 돌진'을 습득합니다.]

성공했다는 소리에 어금니를 강하게 깨물었다.

'됐어……!'

파괴자의 돌진을 확인해 봤다.

[파괴자의 돌진 1+2Lv(0%)]

상대방을 향해 저돌적으로 진격하여 강력한 타격을 입힌다.

대미지 : (물리 방어력+마법 방어력+물리 공격력)×340%

필요 MP : 250

쿨타임 : 60초

칭호로 인해 3레벨이 된 파괴자의 돌진. 본래 1레벨의 파워 어택은 물방, 마방의 300퍼센트 공격력을 지닌 스킬이었다. 파괴자의 돌진도 마찬가지이리라. 1레벨당 20퍼씩 상승하는 것 같고. 거기에 물리 공격력이 추가된 상태였다. 근력 증가가 이런 식으로 영향을 끼친 것이다.

생각보다 더 직접적인 영향력에 미소가 그려졌다.

'한 번에 성공했지, 게다가.'

이 정도 조합은 안정적이라는 의미였다. 확신을 위해서 한 번 더. 이번에는 멀티샷 스킬과 체력 증가를 조합해 봤다.

[조합에 성공하셨습니다.]

[스킬 '갉아먹는 화살비'를 습득합니다.]

예상대로였다.

'역시……!'

암흑 치유의 정령처럼 대박이라고 부를 수준은 아니었지만 그래도 괜찮은 공격 스킬이 생긴 건 분명한 사실이었다.

'큰 도움이 될 거야.'

연속으로 성공한 덕분일까. 자신감이 조금 생겼다. 이번에는 약화랑 십자베기. 두 가지 스킬을 조합했다.

[조합에 성공하셨습니다.]

[스킬 '무뎌지는 감각'을 습득합니다.]

이번에도 성공이었다.

"오오……!"

이번에는 좀 괜찮은 스킬을 조합해 보고 싶었다.

'일단 제물부터.'

손을 뻗어 백호보법과 경공술을 선택했다. 제물로 삼는 조합이니만큼 예상대로 실패하고 말았다. 다음으로 스켈레톤 기마병과 메이지를 조합해 봤는데, 역시나 실패였다.

세 번 연속으로 실패했기에 다시는 사용할 수 없게 되었지만, 멈추지 않고 다음 스킬로 손을 뻗었다.

스켈레톤 전사, 빅 스켈레톤.

뭔가 새로운 스켈레톤이 탄생할 수도 있지 않을까 싶은 기대감은 없었다. 이 역시 정말 기대가 되는 두 가지 스킬을 조합하기 전의 제물일 뿐이었으니까.

[조합에 실패하셨습니다.]×3

예상대로 세 번 연속 실패했다.

'흠, 제물 하나 더 넣을까.'

바로 시도하기엔 스킬의 가치가 너무 높았다.

'그래, 하나만 더.'

어느 곳에도 쉽게 조합되지 않을 것 같은 두 가지 스킬을 택했다. 스켈레톤 아처 소환과 군마였다.

[조합에 실패하셨습니다.]

한 번 더.

[조합에 실패하셨습니다.]
[같은 스킬로 다시 조합하시겠습니까?]
[Yes/No]

손을 뻗어 예스를 눌렀다.
실패를 위한 여정이었기에 망설임은 없었다.

[조합에 성공하셨습니다.]
[스킬 '스켈레톤 기마궁수 소환'을 습득합니다.]
[새로운 종의 스켈레톤이 탄생했습니다.]
[위대한 업적을 이뤘습니다.]
[업적 포인트(2500)를 획득합니다.]
[스킬 '스켈레톤 기마궁수 소환'이 스킬 '군마 소환'과 스킬 '스켈레톤 아처 소환'에 영향을 받습니다.]
[스킬 '스켈레톤 기마궁수 소환'의 레벨이 상승합니다.]

그런데, 반전이 일어났다. 정말 조금도 예상하지 못했다.

"뭐야, 이게……?"

설마 이게 성공할 줄이야.

"왜 그래?"

"오빠, 뭐 실패했어?"

"어? 아니, 성공해서……."

"성공했다고?"

"어."

"근데 표정이 왜 그래?"

"어, 그게……."

좋아해야 하는 건지, 아니면 슬퍼해야 하는 건지 알 수가 없었다. 제물로 사용할 계획이었는데 그게 어긋났으니 화를 내야 할 것도 같았고, 예상하지 못했던 수확을 얻은 기분이라 기뻐해야 할 것도 같은 참으로 애매한 상황이었다.

'일단 스킬부터 확인해 볼까.'

[스켈레톤 기마궁수 소환 34+2Lv(11%)]

기마와 활에 소질이 있는 스켈레톤 36마리를 소환할 수 있다. 기술의 레벨이 높아질수록 소환 가능한 숫자와 10초당 소모되는 MP가 증가한다.

스켈레톤 궁수는 칭호를 포함하여 40레벨이고 군마 소환이 36레벨이었는데 아무래도 스킬 레벨이 더 낮은 군마 소환에 맞춰진 모양이었다.

그렇다면 왜 암흑 치유의 정령은 레벨이 높아지지 않았던 것인가. 스킬을 조합하면서도 알 수 없는 게 많았다.

'후, 그래도 뭐…….'

결과만 보자면 나쁜 건 아니었다.

'나한텐 득이니까.'

생각을 정리하자 다른 욕망이 샘솟았다. 기마궁수를 소환해 보고 싶다는 마음이 내부를 장악한 것이다. 지금까지 만든 스킬들도 확인을 해보고 싶었고. 모든 스킬을 조합할 때까지 참으려고 했는데 안 될 것 같았다.

"나 잠깐 스킬 좀 써보고 올게."

"어, 지금?"

"응, 아무래도 확인하면서 조합해야 될 것 같아서."

"오빠, 같이 갈까?"

예린의 말에 고개를 저었다.

"괜찮아. 금방 올 거야."

"으응."

식당에서 나와 마을을 벗어났다. 그리고 군마를 타고 이동하다가 몬스터가 보일 즈음 멈춰서 내렸다.

먼저 암흑 치유의 정령과 기마궁수를 소환했다.

후우웅.

나타난 스케렐톤은 이름 그대로 기마를 탑승하고 있는 강화 아머아처였다. 능력치를 확인한 무혁의 눈이 조금 커졌다.

'스탯은 나쁘지 않아.'

물론 뼈를 상당 부분 교체한 아머아처보다는 약했지만 쓸 만한 수준이었다.

'스킬은?'

첫 번째 스킬, 이동 사격. 일종의 패시브 스킬이었다. 쉴 틈 없이 달리면서도 정확하게 겨냥하여 뼈 화살을 날릴 수 있는 기술이었다. 군마의 속도를 이용한다면 거리를 유지한 채 몬스터를 농락할 수도 있으리라.

두 번째 스킬, 파워샷. 세 번째 스킬, 멀티샷. 이동 사격을 제외하고 나머지는 기존 아머아처와 같았다.

'이거, 생각보다 더 괜찮은데?'

어떤 식으로 지휘해야 할지 그림이 그려졌다.

기마궁수, 전진.

달리기 시작하는 기마궁수. 그리고 그 위를 비행하는 치유 정령. 몬스터 여덟 마리와 충분히 거리를 좁혔을 즈음, 뼈 화살을 날렸다.

크워어어어!

고통에 젖은 고함을 지르며 달려들었다.

"좌, 우로 빠져."

기마궁수 36마리가 정확히 반씩 나뉘어 좌우로 갈라졌다.

크어어……?

몬스터가 당황하는 사이. 충분히 거리를 벌린 기마궁수가 멀어지며 뼈 화살을 쏘았다. 쉴 새 없는, 끝없이 이어지는 공격에 몬스터의 HP가 조금씩 줄어든다.

본능에 따라 공격하는 기마궁수를 쫓아가지만, 군마와 거리를 좁히는 건 쉬운 일이 아니었다. 멀티샷과 파워샷을 사용하면서도 기마궁수는 멈추지 않고, 거리를 유지했다.

'허, 이건 정말…….'

무혁은 지휘를 하면서도 감탄했다.

'너무 좋잖아?'

이동력이 대폭 증가한 덕분에 활용도가 급격하게 상승했다.

'동시 소환은 안 되겠지?'

스켈레톤 궁수 소환을 시도해 봤다.

[스켈레톤 궁수를 소환할 수 없습니다.]

정령처럼 동시 소환은 안 되는 모양이었다.

'뭐, 이게 당연한 거지만.'

무혁은 기마궁수를 멈추게 했다.

키아아아악!

몬스터가 스킬을 사용해 기마궁수 다수를 공격했다.

암흑 회복. 스킬을 사용하는 순간 암흑 치유의 정령이 상처 입은 기마궁수를 꿰뚫으며 지나갔다.

[기마궁수3의 HP(60)가 회복됩니다.]

[정령의 기력이 소모됩니다.]

그런 식으로 다수의 기마궁수를 관통했다.

[기마궁수7의 HP(60)가 회복됩니다.]
[기마궁수11의…….]

그렇게 다섯 마리를 관통했을 때.

[정령의 기력이 소진되었습니다.]

기력이 낮아 다섯 마리가 한계였다. 무혁은 그럼에도 웃음을 지었다.

[경험치가 상승합니다.]
[경험치가 상승…….]
[정령의 레벨이 상승합니다.]×11

정령의 레벨이 상승한 덕분이었다.

이름 : 암흑 치유의 정령
레벨 : 12
치유력 : 105
기력 : 105

1레벨당 치유력과 기력이 각각 5만큼 상승했다.

'자, 그럼 다시.'

아직 치유되지 않는 기마궁수에게 다가가는 치유의 정령.

[기마궁수3의 HP(126)가 회복됩니다.]

기력이 105가 되었기에 총 10번 회복시킬 수 있었다. 상당히 괜찮았다. 정령의 레벨이 올라갈수록 치유력과 치유시킬 수 있는 수도 늘어나리라. 마침 또다시 몬스터가 잡혔고 동시에 치유 정령의 레벨이 올라갔다. 남은 몬스터는 이제 3마리. 빠른 기동력으로 몬스터를 유린하는 기마궁수.

무혁이 마음을 먹고 제대로 지휘를 시작하니 더 이상 몬스터의 공격에 당하지 않았다. 오로지 공격, 또 공격만을 퍼부어 몬스터를 처리했다. 그야말로 완벽한 승리였다.

몬스터 다수에게 포위된 상태의 무혁. 백호보법을 사용해 공격을 피했다.

쏟아지는 검.

그 와중에 스킬을 사용하자 세 자루의 검이 생성되었다. 천천히 허공에 떠오른 검이 사방에 포진된 몬스터를 향해 돌진한다.

서걱, 푹.

어떤 것은 얇은 피부를 꿰뚫었고 어떤 것은 스쳤다. 그런데 사라지지 않았다.

우우우웅.

여전히 허공에 떠오른 채 몬스터를 노려본다. 눈은 없었지만, 분명히 노려보는 것만 같은 기세였다. 무혁은 백호보법으로 공격을 피하기만 하면서 스킬이 어떤 식으로 이어지는지 가만히 지켜봤다.

휘익.

그 순간 다시 한번 세 자루의 검이 날아들었다. 그리고 몬스터의 피부를 찢어발긴다.

키아아아아악!

일부 몬스터가 무혁이 아닌 검을 바라보며 괴성을 내질렀다. 이윽고 허공에 떠 있는 검을 쫓아가며 공격을 퍼부었다. 그러나 허공을 부유하는 검이 지상에 위치한 몬스터의 공격에 쉽게 당할 리가 없었다.

푹, 푸욱.

그렇게 몇 번 공격을 피하던 검이 순식간에 뒤로 날아가 몬스터의 뒷목을 찔러 버렸다. 뒤로 물러났다가 다시금 앞으로 전진. 그리고 연이어 대미지를 입힌다.

[1,297의 대미지를 입힙니다.]

[1,297의 대미지를 입힙니다.]

[크리티컬이 터집니다.]

[2,594의 대미지를 입힙니다.]

수치도 나쁘지 않았다.
그러다 혹시나 하는 마음으로 일점사를 사용해 봤지만.

[스킬을 사용할 수 없습니다.]

역시나였다.
검 세 자루는 총 1분 동안 몬스터를 공격하다가 사라졌다.
'지금은?'
쏟아지는 검이 사라진 지금. 이젠 사용할 수 있으리라.
파천궁술 제 1초식, 일점사를 사용하자 시위에 걸린 화살에 빛이 서린다.
'되는구나.'
당연히 백호검법 2초식도 사용이 되었다.
'그럼 이걸 먼저 쓰고 쏟아지는 검을 사용해야겠어.'
그렇게 결론을 내리고 잠시 뒤로 물러났다. 이번엔 파괴자의 돌진을 시험할 차례였다.
후읍!
바람처럼 쏘아지는 그.
콰앙!
몬스터 한 마리와 부딪히자마자 스킬 하나를 더 사용했다.
파워어택.

그러자 몸이 절로 측면으로 움직였다. 파괴자의 돌진과 파워어택을 연계해서 사용하니 기분이 상당히 새로웠다.

“좋아, 아주 좋아.”

이후로 갉아먹는 화살비와 무뎌지는 감각도 실험했다. 하나같이 만족스러웠다. 이제 남은 스킬들을 어떻게 조합할지. 그걸 결정해야 할 때였다.

제2장
조합

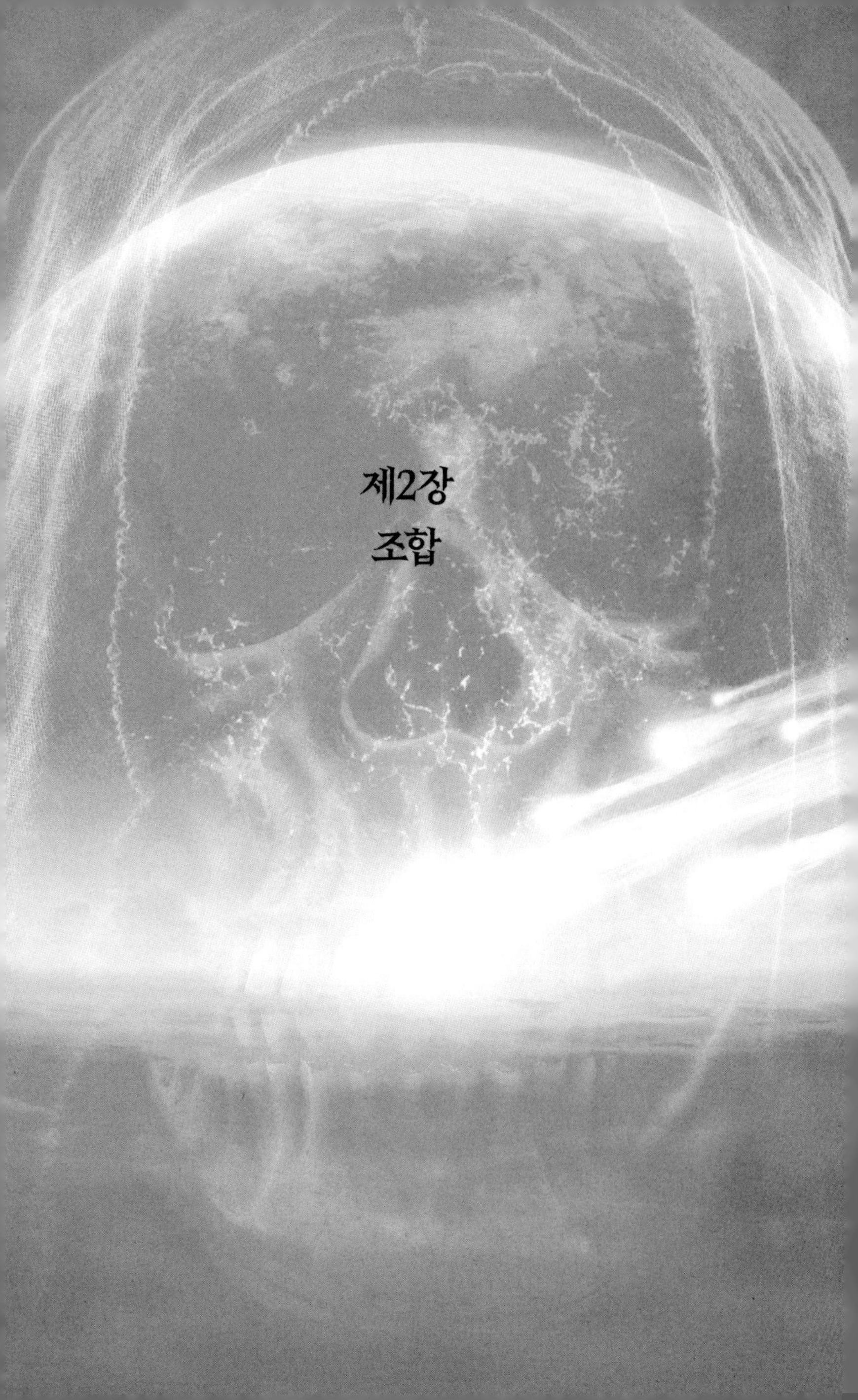

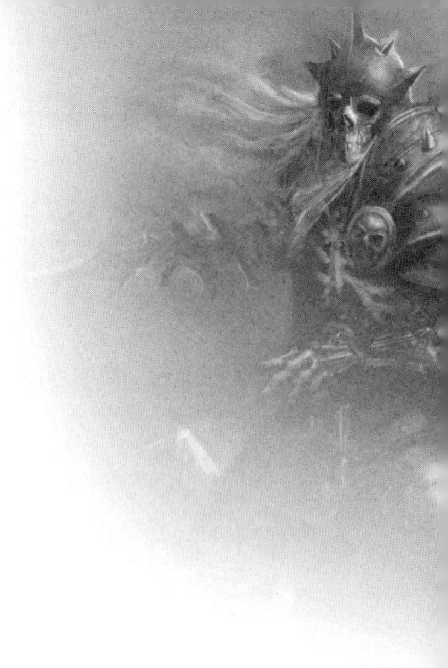

사용하지 않은 것들을 먼저 확인했다.

강력한 활쏘기, 어둠의 힘, 리바이브, 익스체인지, 스켈레톤 마스터리, 정신감응, 명상, 제작, 요리, 강화, 사체 분해, 창조의 서, 전장의 광기, 시야 확보. 총 14개의 스킬, 2개씩 짝을 짓는다면 7개의 조합식이 나온다.

몇 개는 이미 생각을 해둔 상황이었기에 고민할 게 없었다. 다만 한 가지, 강화를 무엇과 함께 조합해야 할지가 가장 문제였다. 어떤 것과 짝을 이뤄도 뛰어난 스킬이 탄생할 것만 같았기 때문이다.

'일단은……!'

[첫 번째 스킬 : 요리]

[두 번째 스킬 : 명상]

[Yes/No]

중요도가 떨어지는 것부터.

[조합에 실패하셨습니다.]

딱히 성공을 바라는 조합은 아니었고 결국 실패했다.
지금부터는 하나같이 버리기 아까운 스킬들뿐이었다.

[조합할 스킬을 선택해 주십시오.]

방금 전 실패를 제물 삼아 스켈레톤 마스터리와 강화를 선택하고 예스를 눌렀다. 반드시 성공시키고 싶은 조합 중의 하나였기에 속으로 기도까지 올렸다.

[조합 시도 중…….]

[조합에 실패하셨습니다.]

떠오른 메시지에 욕을 내뱉었다.
"젠장……!"
다시 한번 도전했지만 실패. 마지막 남은 기회. 이대로 버리고 싶진 않았다.

'아끼자.'

고민하다가 다른 스킬을 조합했다.

어둠의 힘과 시야 확보.

[조합에 실패하셨습니다.]×3

세 번 연속으로 실패하는 모습을 확인한 후 스켈레톤 마스터리와 강화의 조합에 도전했다. 마지막 남은 기회. 차오르는 퍼센트를 두 눈을 부릅뜬 채 지켜봤다.

97, 98, 99…… 100.

[조합에 성공하셨습니다.]

[스킬 '강화 스켈레톤 마스터리'를 습득합니다.]

[스킬 '강화 스켈레톤 마스터리'가…….]

뒤쪽 내용은 눈에 들어오지도 않았다. 성공했다는 글귀. 오직 그것만이 시야를 가득 채울 뿐이었다.

몇 가지 조합을 연속으로 실패했다. 그러나 중요하지 않은 것들이라 크게 의미를 두진 않았다. 이번에도 마찬가지였다. 강력한 활쏘기와 정신감응. 실패해도 크게 충격받지 않을 두 가지를 조합했다.

[조합에 성공하셨습니다.]
[스킬 '유도 화살'을 습득하셨습니다.]

그러나 조합에 성공을 해버렸고. 그 탓일까.

[조합에 실패하셨습니다.]

중요하게 여기던 전장의 광기를 잃어버렸다.
"아……."
어쩔 수 없는 일이라고 잠시 마음을 추슬렀다. 조합에 사용할 수 있는 스킬이 딱 두 개만 남은 상태였기에 생각을 오래 이어갈 필요는 없었다.
"알베타르의 재능."
마지막의 마지막까지 아껴두었던 두 가지 스킬을 꾸욱 눌렀다.

[첫 번째 스킬 : 리바이브]
[두 번째 스킬 : 창조의 서]
[두 가지 스킬을 조합하시겠습니까?]
[Yes/No]

예스를 누르는 손가락이 미세하게 떨려왔다.

[조합 시도 중…….]

퍼센티지가 천천히 솟구친다.
기회는 세 번. 그 안에만 성공하기를.

[77%, 78%, 79%…….]

그 간절한 염원이 어딘가에 닿은 걸까.

[조합에 성공하셨습니다.]
[스킬 '한정 부활'을 습득합니다.]

첫 시도에 조합을 성공시킬 수 있었다.
"우오오!"
급히 스킬의 내용을 살폈다.

[한정 부활]

1. 주변을 떠도는 몬스터의 영혼을 강제로 부활시킬 수 있다. 일방적으로 조종이 가능하며 본래 지니고 있던 능력의 80퍼센트에 해당하는 힘이 적용된다. 30분이 유지되며 그 시간이 지나면 소멸된다.

2. 주변을 떠도는 몬스터의 영혼을 소환물에 주입할 수 있다. 주입할 경우 몬스터의 영혼이 지닌 능력의 50퍼센트가 스켈레톤

에게 추가로 적용된다.

-소모MP : 마리당 100

무혁의 눈동자가 빛났다.

'80퍼센트……!'

게다가 소환물에게 몬스터의 영혼을 주입시켜 스탯을 상승시킬 수도 있었다.

"대박이다."

아주 마음에 들었다. 치유의 정령과 비교해도 우열을 가리기 어려울 정도였다. 흡족한 기분을 한참이나 만끽하던 무혁은 떠오른 메시지에 시선을 내렸다.

[예린 : 오빠, 어디야?]

채팅이 온 것이다.

[무혁 : 아, 스킬 조합하고 있었어. 이제 갈게.]

[예린 : 응! 우리도 나갈 준비 할게!]

[무혁 : 그래.]

군마를 소환하여 탑승한 채 속도를 높였다. 저 멀리 보이는 마을. 그곳으로 들어가자 식당에서 나오는 세 사람이 보였다.

"여기!"

"어, 딱 왔네."
"어, 다 먹었고?"
"배불러 죽겠다."
"그럼 슬슬 가야지. 서쪽, 얼어붙은 구역으로."
"헙, 벌써……?"
다들 피곤한 표정을 보였다.
"오빠……."
"응?"
"우리 조금만 쉬자."
"어, 너무 무리했나?"
"응, 1시간 전에 나왔다구……!"
강행군이 너무 피곤할 수도 있을 것 같았다.
"좋아, 이틀만 쉴까?"
"아니!"
"그럼?"
"3일!"
"그래, 뭐……."
"오케이!"
"그럼 우리 오랜만에 만나서 놀까?"
"언니는?"
"나, 나두 괜찮아."
"그럼 내일. 아니다, 내일은 각자 쉬고. 모레 약속 잡는 것 어때?"
"서울역에서, 콜?"

"좋아. 오전 10시까지?"

순식간에 계획을 세워 버리는 예린과 성민우였다. 무혁은 그저 미소를 머금은 채 둘의 모습을 지켜볼 뿐이었다.

다음 날. 오랜만에 아무것도 하지 않고 휴식을 취하려니 뭔가 이상했다.

'뭐, 할 거 없나?'

소파에 앉아 TV프로그램 이것저것을 틀어봤지만, 흥미가 생기지 않았다. 결국 몸을 깊게 묻고서 휴대폰을 들었다.

'홈페이지나 보자.'

역시나 큰 이슈거리는 없었다. 기껏해야 특수 던전이나 유니크 던전이 발견되었다는 소식 정도랄까.

'보스 몬스터도 나타났구나.'

레벨 190의 보스 몬스터. 녀석한테는 조금 관심이 갔다.

"흐음."

일단은 머릿속 한편에 밀어 넣은 채 홈페이지 우측 상단에 위치한 '내 정보'를 눌렀다.

이번 달 유료게시판 판매 금액.

총 : 2,121,200원

유료게시판에 올린 각종 게시물이 아직도 꾸준히 팔려 나가고 있었다. 이번 달, 16일. 오늘까지 팔린 액수가 212만 원이었다.

'괜찮네.'

30일까지 채우면 적어도 350만 원은 될 것 같았다.

'좀 아쉬우니까…….'

기왕 확인한 김에 새로운 몬스터에 관한 공략법을 유료게시판에 남겼다.

[제목 : 171레벨 몬스터…….]

[내용 : 먼저 뿔에 냉기 마법을 사용하여 얼린 다음…….]

고민하다가 하나를 더 올렸다.

"자, 마무리."

이 정도면 이번 달 판매 금액이 400만 원은 넘기리라 예상하며 유료게시판에서 나왔다. 그 후 다시 자유게시판을 훑었지만, 여전히 호기심을 자극하는 건 없었다.

'아, 그냥 게임이나 해야겠다.'

결국 다시 일루전에 접속하는 무혁이었다.

[새로운 세상에 오신 것을 환영합니다.]

성민우, 예린, 김지연은 접속하지 않은 상태였다. 오랜만에 갖는 혼자만의 시간이라 조금 어색했지만, 한편으로는 자유

롭다는 생각도 들었다. 무엇이라도 할 수 있었기 때문이다.

"흐음."

잠깐 고민하다가 군마를 소환했다.

'거기라도 가봐야겠네.'

방금 전, 자유게시판에서 확인했던 정보를 떠올리며 속도를 높였다.

대략 2시간이 흘렀을 무렵. 드디어 목적지에 도착했다.

'너무 늦었나?'

치유의 정령을 성장시키기 위해 몬스터도 사냥하고, 또 스켈레톤 궁수가 사용하던 무기를 기마궁수에게 넘겨주느라 시간이 꽤나 지체가 되었다. 그래서인지 유저가 생각보다 훨씬 더 적었다. 어쩌면 그사이에 보스 몬스터가 잡혔을지도 모를 일이었다. 아쉬운 마음에 속도를 조금 더 높였다.

"호오?"

다행스럽게도 저 멀리 3미터가 넘어가는 몬스터와 족히 천 명은 될 법한 유저와의 치열한 접전이 눈에 들어왔다.

"어우, 미친. 지금 몇 시간째냐?"

"4시간."

"미친, 도대체 언제 끝나는 거야? 영상 찍는 것도 지겨워 죽겠네."

"야, 그래도 끝까지 찍어야지. 멋들어지게 편집해서 내놓으면 짭짤하다고."

“알아, 안다고.”

“조금만 더 접근하자.”

“그러다 죽으면 어쩌려고?”

“벌써 상위 랭커만 수백은 죽었다고. 이제 저 보스 몬스터가 쓰러질 타이밍이라니까! 그때 딱 근접해서 촬영을 해야 마무리가 깔끔하다고.”

“미친놈.”

전투에 참여하지 않는 이들은 대부분이 구경꾼이었다. 정말 순수하게 구경만 하는 이는 극히 일부였고 나머지 대부분은 영상을 찍거나 혹은 방송을 틀어 대놓고 중계를 하고 있었다. 그런 그들의 시야로 군마에 탑승한 채 유유자적 나아가는 무혁의 모습이 잡힌다.

“야, 저기…….”

“뭐?”

“저기, 저 유저 말이야. 뭔가 낯이 익은데?”

“낯이 익다고?”

일부 유저의 눈이 순간 커졌다.

“어, 음……!”

“아, 무혁이다!”

일루전 랭킹 2위 무혁. 일루전TV나 영상에서 보던 것과 크게 다르지 않은 차림새와 분위기, 그리고 생김새였기에 알아보는 건 어렵지 않았다.

“와, 무혁 님!”

"지금 보스 몬스터 레이드에 참여하려는 건가요?"

"아, 네."

"대박. 영상 찍어도 되죠?"

"그러세요."

사람들이 너무 많이 모여들기 시작했다.

'이런.'

무혁은 인벤토리에서 투구를 꺼내어 착용한 후, 군마의 속도를 높였다.

"무혁 니이이이임!"

"잠시만요오오!"

뒤에서 들려오는 유저들의 소리를 무시한 채 거친 기세를 뿜어내는 녀석을 눈에 담았다. 철갑을 두른 악어의 모양새. 190레벨의 보스 몬스터, 킹 크로커다일이었다.

대략 1시간 전에 도착하여 킹 크로커다일을 공략하기 시작한 블랙 길드장 혁수는 생각보다 더 거센 반항에 상당한 피해를 입었다.

"정확하게 어느 정도야?"

"180레벨 이상 길드원 총 216명 사망."

"미쳤구만."

"어쩔 거냐?"

"후, 고민이긴 한데……."

"최상위 랭커가 얼마 없어서 사냥하기가 버거워."

"그러게. 길드도 별로 없고."

"유저가 너무 띄엄띄엄 와서 그래. 한 번에 모여서 몰아치면 순식간에 죽일 수도 있을 텐데. 조금 뭉쳤다 싶으면 덤벼서 죽어버리고. 또 뭉쳤다 싶으면 덤벼서 죽어버리니……."

"그것도 그렇고. 요즘 뭔가 분위기가 이상하더라고. 진짜 실력 있는 유저들은 최근 잘 보이지도 않고 말이야."

"인정."

"하, 그냥 포기해야 하나."

200레벨도 아니고 190레벨의 보스 몬스터를 상대로 이렇게 처참하게 짓밟힌다는 게 마음에 들지 않았다. 그렇다고 전투를 더 이어가자니 그 또한 힘들었다. 지금 상태로는 도저히 놈을 잡아낼 수 없을 것 같았기 때문이다. 괜히 시간만 버리고 또한 피해만 누적시키는 꼴이었다.

"후, 그래. 그냥……."

포기하자는 말을 입에 담으려는 순간.

파아앙!

어디선가 불어온 한 줄기 바람이 공기를 꿰뚫었다.

"음?"

고개를 돌리자, 군마에 탑승한 채 다가오고 있는 유저 한 명이 보였다.

"어……!"

단 번에 그를 알아본 블랙 길드장.

"무혁 님……?"

인사를 나눌 겨를은 없었다.

콰, 콰과과광!

그의 압도적인 힘에 정신을 빼앗긴 탓이었다.

놈과의 거리가 좁혀졌을 때, 무혁의 사방에서 흙먼지가 치솟았다. 200마리가 넘는 스켈레톤이 단번에 소환된 까닭이었다.

지면을 박차며 달려가는 기마병들, 그리고 뒤를 쫓아가는 기마궁수와 아머나이트.

기마병, 전원 돌진.

마치 탄환처럼 쏟아지는 기마병들이었다.

퍽, 퍼버벅!

킹 크로커다일의 발이 움푹 파인다.

쿵, 쿠우웅!

기마병이 부딪힐 때마다 그 충격에 조금씩 더 깊이.

그 순간 좌우로 갈라지는 기마궁수들. 녀석들의 시위에는 어느새 뼈 화살이 걸린 상태였다. 계속 달리면서도 흔들림이 없다. 오직 한 녀석, 보스 몬스터만을 겨냥한 채로 대기한다.

이윽고 무혁의 지시가 떨어지자, 뼈 화살이 공기를 찢어발기며 날아갔다. 단단하기 그지없는 킹 크로커다일의 등판에 뼈 화살이 내리꽂히지만, 대부분이 힘을 잃고 사방으로 튕겨 나갈 뿐이었다.

[적대 몬스터의 신체 능력이 하락합니다.]
[아군의 힘, 체력이 증가합니다.]

그에 디버프와 버프 스킬을 사용하고 한 대의 화살을 시위에 걸었다.
풍폭, 갉아먹는 화살비.
하늘 높이 쏘아진 화살은 수십 조각으로 나뉘었고 이내 비처럼 쏟아져 내렸다.
푹, 푸푹.
그중에 일부가 녀석의 얼굴과 등에 꽂혔다.

[킹 크로커다일의 물리, 마법 방어력이 하락합니다.]
[1,076의 대미지를 입힙니다.]×6
[추가로 1860의 대미지를 입힙니다.]×6

디버프와 더불어 대미지를 입힌다.
윈드 스텝. 풍폭, 무뎌지는 감각.
연이어 공격을 퍼부은 후, 접근하여 검에 깃든 힘을 아래로 휘둘렀다.

[킹 크로커다일의 반응속도가 소폭 하락합니다.]

완벽한 전개였다. 약화에 이은 물, 마방과 반응속도의 하락. 오랜만에 사용하는 둔화의 독과 출혈의 눈물까지.

직후 뒤로 물러나며 파천궁술 1, 2, 3초식을 연이어 날렸다. 마지막으로 살아 움직이는 세 자루의 검을 남겨놓았다.

"후우."

충분히 거리를 벌린 상황.

'자, 그러면 기여도를 올려볼까.'

유저들이 구경하는 지금이 적기였다. 멍하니 있는 지금, 최대한 킹 크로커다일에게 대미지를 입혀 기여도 순위를 높일 작정이었다.

모두가 각자의 역할을 충실히 이행하는 상황. 가장 큰 활약을 펼치는 건 다름 아닌 기마궁수였다.

크워어어어!

계속되는 뼈 화살에 어그로가 끌린 것인지 목표물을 기마궁수로 바꾼 킹 크로커다일이 무서운 속도로 돌진했지만 쉽게 잡을 수 없었다.

일반적인 아머아처였다면 피하지 못하고 으스러졌을 것이다. 하지만 기마에 탑승한 아머아처는 거리를 충분히 유지할 기동력이 있었다.

다가오는 킹 크로커다일을 바라보며 끝없이 쏘아대는 뼈 화살에 조금이지만 대미지이 누적되어 간다. 계속되는 공격. 뒤에서 돌진하는 아머기마병의 창날. 스킬이 돌아올 때마다 하늘을 채우는 마법들.

쾅, 콰과과광!

그리 길지는 않은. 대다수가 짧다고 부를 법한 그 시간 동안. 무혁은 킹 크로커다일을 상대로 기여도를 충분히 올렸다.

물론 순탄하기만 한 건 아니었다. 기마궁수를 따라잡는 게 힘들다는 걸 깨달았는지 중간에 목표물이 바뀐 데다가 스킬의 쿨타임이 돌아오지 않아 제대로 된 대미지를 입힐 수 없게 되었다는 두 가지 사실이 겹치면서 근접형 스켈레톤의 피해가 꽤나 커졌다.

190레벨의 보스 몬스터. 결코 얕볼 수 없는 저력을 지닌 괴물. 놈이 휘두르는 꼬리와 거기서 시작된 날카로운 송곳이 스켈레톤 다수의 HP를 한 움큼씩 뜯어버렸다.

더 이상 피해를 늘릴 수 없다는 생각에 HP가 가장 높은 포이즌 오우거를 전면에 보냈다. 피어를 쏘아 보내자 어그로가 끌렸는지 놈이 포이즌 오우거에게 달려들었다.

콰아아앙!

놈의 돌격에 포이즌 오우거가 크게 휘청거렸다.

크워어어어!

다시 한번 이어진 돌격에 결국 균형을 잃고 쓰러져 버린 포이즌 오우거. 그 위에 올라탄 킹 크로커다일이 왼쪽 가슴과 어깨를 삼켜 버렸다.

꽈드득.

뼈가 으스러졌다.

고통은 없었다. 다만 HP가 꾸준히 줄어드는 게 문제일 뿐. 이대로라면 HP가 제로가 되어 역소환이 될지도 모를 일이었다.

'기파도 쿨타임이고……!'

그러나 아직은 포기하기에 일렀다. 새롭게 얻은 스킬. 암흑 치유의 정령이 있었으니까.

암흑 회복.

치유의 정령이 포이즌 오우거를 뚫고 지나갔다.

[포이즌 오우거의 HP(440)가 회복됩니다.]

[정령의 기력(10)이 소모됩니다.]

수치가 낮아 반복할 수밖에 없었다. 그렇게 25번. 기력 250을 소모하여 총 11,000의 HP를 채웠다.

그사이 킹 크로커다일을 포위한 아머나이트와 기마병, 그리고 기마궁수의 공세가 펼쳐진다.

'조금만 더.'

그러나 스킬이 아닌 탓인지 킹 크로커다일은 흔들림 없이 포이즌 오우거만을 노렸다.

[포이즌 오우거의 HP(980)가 하락합니다.]

[포이즌 오우거의 HP(440)가 회복됩니다.]

[정령의 기력(10)이 소모됩니다.]

[포이즌 오우거의 HP(980)가 하락…….]

회복을 하며 근근이 버티던 중. 드디어 소환수들의 쿨타임이 일부 돌아왔다. 기마궁수들의 뼈 화살이 뻗어 나가고 아머나이트들의 검격이 내리꽂힌다.

스킬의 힘이 깃든 덕분에 파괴력 역시 급증한 상태. 킹 크로커다일이 휘청거렸고 그 틈을 타 포이즌 오우거가 피어를 발산했다. 뒤이어 기파를 뿌려 흔들리게 만들고, 혼란의 물약이 발린 화살을 날렸다.

1, 2, 3초.

시간이 지나자마자 장막의 물약을 사용하고.

[킹 크로커다일의 시야를 앗아갑니다.]

다시 3초를 버틴다.

그리고 그동안 쿨타임이 돌아온 스킬 몇 개를 사용했다.

아머기마병, 돌진! 기마궁수, 파워샷! 전원 후퇴.

직후 진화를 거치면서 얻은 두 번째 마법. 파이어 스피어, 아이스 스톤, 윈드 커터, 썬더 피스트의 사용을 지시했다. 허공을 메우는 각종 속성. 찬란한 빛이 놈에게 떨어졌다.

콰아아앙!

거기서 끝이 아니었다.

포위한다.

먼지를 꿰뚫고 놈이 꿈틀거리는 순간 설인이 아이스 홀드를 사용해 놈의 발을 묶었다. 녀석의 강압적인 힘에 의해 얼었던 부위들이 깨어졌으나 이미 강화 아머나이트들이 자리를 잡은 뒤였다.

크워어어어어!

그에 분노한 놈의 몸에서 붉은빛이 퍼져 나갔다. 한눈에 봐도 큰 기술이 사용되기 직전임을 알 수 있었다.

강화 아머나이트, 충격 반환.

그에 걸맞은 스킬을 사용하고 대기했다.

직후 터진 강력한 에너지. 아머나이트의 신체를 두른 막에 그 에너지들이 쌓이고. 그 힘을 고스란히 놈에게 전해준다.

[1,491의 대미지를 입힙니다.]×44

[기여도(30)가 상승합니다.]×44

무혁이 화살 한 대를 시위에 건다. 환각의 독.

그리고 그 화살을 발광하려는 녀석에게 쏘아 보낸다.

[킹 크로커다일이 환각에 빠집니다.]

일정 HP가 빠질 때까지 환각에서 벗어나지 못하리라. 여유롭게 쿨타임이 돌아오길 기다리면 되는 것이다. 절로 흡족한 미소가 그려진다.

'좋다.'

스킬이 늘어난 탓일까. 부족했던 것들이 채워지면서 한층 더 완벽해진 기분이었다.

'정말 좋아.'

오랜만에 느껴보는 충만감이었다.

목숨을 걸고서 킹 크로커다일을 상대하던 유저들이 순간 동작을 멈췄다.

"미친……!"

"뭐냐, 저게."

"네크로맨서 같은데……."

"누구야, 저거?"

무혁과 무혁의 소환수들이 킹 크로커다일을 압박하고 있었다. 나머지 유저 대부분은 갑작스러운 상황에 한 걸음 뒤로 물러선 상태였다. 끼어들고 싶어도 끼어들 여지가 없었다. 스켈레톤이 완전히 포위망을 형성한 탓이었다.

멍하니 지켜보는 사이 각종 마법이 꽂히고, 붉은빛이 사방으로 퍼지고. 스켈레톤은 그럼에도 죽지 않고서 놈을 압박한다. 뒤이어 한 대의 화살에 갑자기 동작을 멈추기까지 했다.

"허, 대박인데?"

"지금 혼자서 보스 몬스터 레이드하는 거 맞냐……?"

"그런 거 같은데?"

"이게 말이나 되냐……?"

그 순간 어디선가 튀어나온 외침.

"알았다, 무혁이야!"

"아……!"

그제야 상황을 이해할 수 있었다.

랭킹 2위, 무혁. 그라면 충분히 가능한 일이었으니까.

"그럼 이러고 있을 시간 없잖아!"

"그렇지! 이번엔 무조건 쓰러뜨리자고!"

"오오오!"

"가자!"

원거리 공격이 가능한 유저들부터 공세를 취하기 시작하고, 근접 유저들은 조심스럽게 킹 크로커다일과의 거리를 좁혔다.

그 모습을 뒤에서 지켜보던 블랙 길드장 혁수는 여러 감정이 섞인 표정을 지었다.

"여전히 대단하네."

언제 봐도 무혁, 그는 강했다. 조금 따라잡았다 싶으면 한참을 멀리 나아가 버린다. 게임이니 레벨을 올리게 되면 당연히 강해지는 것이 이치이다. 그러나 통상적으로 적용되는 범주에서 벗어난 사내다. 예전과 전이 달랐고. 전과 지금이 달랐다. 그래서 앞으로가 감히 예측되지 않는 존재였다.

"후, 우리도 가자."

"어? 아, 그래, 그래야지."

"전부 정신 차리고!"

"아, 예……!"

"지루했던 싸움을 끝낼 때다!"

전장의 중심으로 블랙 길드가 나섰다.

"우리도 간다."

"예!"

"가자아아아아!"

"죽여!"

사태를 관망하던 다른 길드 역시 전투에 참여했다. 덕분에 한결 여유로워진 무혁이 HP 낮은 소환수를 살짝 물렸다.

'후, 좀 살겠네.'

무혁은 웃으며 활을 검으로 변형했다.

'자, 이제 제대로 놀아볼까.'

지금까지의 전투가 지휘 위주였다면, 이제는 지휘 권한을 스켈레톤에게 맡기고 제대로 날뛰어볼 생각이었다.

윈드 스텝.

같은 시각. 무혁의 모습을 일루전TV로 시청하던 방청자의 수가 급증했다.

-오랜만에 레이드 뛴다면서요?

-맞음, 혼자서 무쌍 찍는 중ㅋㅋ

-무쌍이 가능함?

-뭐, 보스 몬스터 레벨이 낮으면 가능할 듯

-190임!

-헐? 근데 무쌍이 가능해요?

-저도 안 되는 줄 알았는데 되네요…….

-오랜만에 보러 왔어요^^

-반갑습니다!

-어서 오세요.ㅎㅎ

실시간으로 증가하는 방청자들. 떠나 있던 이들이 돌아왔다.

-최근 방송도 자주 끄고 지루했었는데…….

-지금 레이드는 꿀잼이네요!ㅋㅋㅋ

-크, 오랜만에 VR로 보니까 지립니다.

-갈아입을 팬티 준비요!

-제발 오늘만 같아라……!

-아, 위에도 나온 얘기지만 궁금한 게 있는데요. 요즘 계속 일루전 TV 끄던데, 왜 그러는지 아시는 분?

-잘 모르겠네요.

-무슨 이상한 퀘스트 깨는 거 같던데…….

-하, 숨겨야 되는 건가?ㅠㅠ

-그렇겠죠?

-슬프네요, 진짜 자주 보고 싶은데 말이죠…….

-암튼 오늘은 즐기자고요!

-어, 어…… 돈다……!

방청자의 말대로 무혁의 시야가 어지러워졌다.

위에서 떨어지는 꼬리. 그리고 거기서 시작된 날카로운 송곳들. 도저히 피할 곳은 없어 보였다.

모두가 그렇게 여길 때, 갑자기 광경이 일그러지더니 킹 크로커다일의 얼굴 아래쪽 피부가 나타났다.

무혁이 파워대시로 순식간에 거리를 좁힌 탓이었다.

"후읍!"

연이어 백호검법을 연계해서 사용했다.

1초식, 백호결.

환상처럼 나타난 일곱 검격이 추가로 녀석의 목에 상처를 입힌다.

2초식, 백호파.

빛이 되어 사방을 휘저으며 끝없는 공격을 가한다.

풍폭, 십자베기. 윈드 스텝.

짧지만 굵은 피해를 입히고 뒤로 물러나 풍폭을 입힌 백호참을 사용했다. 그러자 반월 모양으로 뻗어 나가는 기의 응축된 에너지가 녀석의 피부에 깊은 상처를 남겼다.

'이제 시작이다.'

파천궁술 1, 2, 3초식까지 연달아 사용한 후.

풍폭, 파괴자의 돌진.

무혁의 몸이 빛에 휩싸였다. 압도적인 속도. 그리고 그것을 뛰어넘는 파괴력.

쿠우웅!

절묘하게 어우러진 힘이 킹 크로커다일의 균형을 무너뜨렸다.

"후우."

이어지는 소환수들의 공격들. 그제야 뒤로 물러나는 무혁이었다.

'기여도도 꽤 올렸고.'

무혁은 만족스러운 표정으로 현황을 체크했다.

[기여도 현황]

3위. 무혁, 조폭네크로맨서 : 21,293점

죽어버리면 순위에서 사라지기에 3위까지 빠르게 올라설 수 있었다. 이제 다시 한번 소환수들의 스킬을 퍼부어 순위를 높이는 일만이 남았다. 딱 봐도 100위 안에 드는 랭커는 무혁 본인밖에 없는 상황이었다.

'그럼 1위, 해야지.'

일종의 자존심이라고도 볼 수 있으리라.

쿠웅.

마침 킹 크로커다일이 비틀거리며 쓰러졌다.

크워어어어어어!

힘겹게 일어나며 스킬을 사용할 준비를 한다.

"피해!"

"뒤로 물러서라고!"

"빨리!"

유저들이 거리를 벌리는 사이 스켈레톤을 놈에게 접근시켰다. 이윽고 아머나이트의 전신을 휘감기 시작하는 투명한 막. 스킬, 충격반환이었다.

-와, 저거 또 사용한다!

-근데 아머나이트 맞음? 바뀐 것 같은데…….

-전에 진화했음!

-헐, 또 진화요? 대박……!

-근데 저건 뭐예요? 보호막인가.

-저거 피해 흡수해서 돌려주는 거 같던데요? 아까 한 번 사용했었어요!

방청자가 놀라고 있는 사이. 킹 크로커다일의 강력한 에너지가 공간을 뒤덮었다.

"크읍……!"

거리를 벌리던 유저들도 피해를 입을 정도였으나 강화 아머나이트는 물러서지 않았다. HP가 빠른 속도로 줄어들긴 했지만 한 번에 죽을 정도는 아니었다. 덕분에 모을 수 있었던 20퍼센트의 에너지. 그 힘이 분출되어 놈을 집어삼켰다.

[1,491의 대미지를 입힙니다.]×44

[기여도(30)가 상승합니다.]×44

단숨에 기여도가 1,320이나 상승하고, 12점 차이로 2위에 등극했다. 1위와의 차이는 895점. 마침 메이지의 쿨타임이 돌아와 각종 마법과 뼈 화살을 쏘아 보내니.

1위. 무혁…….

금세 1위에 올라설 수 있었다. 그리고 머지않아.

[보스 몬스터 '킹 크로커다일'을 사냥했습니다.]
[경험치가 상승합니다.]
[기여도 순위에 따른 보상을 획득합니다.]

"오랜만에 재밌었네."
충분히 만족스러운 전투였다. 스킬의 힘도, 보다 상세하게 확인할 수 있었고 또 어떤 식으로 사용해야 할지 조금 더 구체적으로 파악할 수 있었으니까.
'이제 돌아가자.'
소환수를 마계로 보낸 후 군마를 타고 돌아가려는데.

[군마를 소환할 수 없습니다.]

'아, 기마궁수.'
동시 소환이 불가능한 탓에, 별수 없이 윈드 스텝을 사용해

달리기 시작했다.

'이거 불편한데……?'

고민이 필요한 부분이었다.

"어, 저기, 무혁 님!"

"잠깐만요!"

"무혁 니이이임!"

무혁을 부르는 무수한 외침들.

'아니, 왜 부르는 건데?'

사인이라도 해달라는 걸까, 아니면 악수라도 원하는 걸까. 어쩌면 지금 하는 퀘스트에 대한 내용을 물어볼지도 모를 일이었다. 괜히 휘말릴 이유도, 필요도 없었다.

파바밧.

무시한 채 지면을 더 강하게 밀어냈다.

"하나만 물어볼게요! 저기요!"

"무혁 님! 잠깐, 잠깐만요!"

애처로운 외침. 그중에는 블랙 길드장 혁수의 목소리도 포함되어 있었다.

"저기, 혁수야……?"

"아, 왜! 지금 무혁 님 부르는 거 안 보이냐?"

"왜 부르는 건진 모르겠는데……."

"모르면 너도 불러!"

"아니, 그냥 채팅을 하면 되잖냐……."

"어? 아, 그, 그렇군."

뒤늦게 얼굴을 붉히며 급히 채팅창을 오픈하는 그였다.

[혁수 : 안녕하세요, 무혁 님.]

'음, 지금?'

고민을 하다가 손을 뻗었다. 어차피 방해물이 없는 넓은 초원이었기에 전력으로 달리면서도 크게 무리가 없었다.

[무혁 : 오랜만입니다.]

[혁수 : 하하, 네. 방금 전에 레이드 하셨죠?]

[무혁 : 아, 네.]

[혁수 : 저도 거기 있었습니다.]

[무혁 : 아……?]

[혁수 : 인사하려는데 엄청 급하게 가시더군요.]

[무혁 : 그러셨군요.]

[혁수 : 하하, 네. 제가 얼마나 불렀는지…….]

[무혁 : 이거, 참. 죄송하네요.]

[혁수 : 죄송하긴요. 그보다, 다름이 아니라…….]

[무혁 : 말씀하세요]

[혁수 : 후우, 정말 궁금한 게 있어서요.]

[무혁 : 네.]

[혁수 : 갑자기 실례되는 건 알지만, 너무 궁금해서 도저히 참을 수가 없네요. 요즘 최상위 랭커나 최상위 길드의 실력자들이 갑자기 모습을 드러내지 않고 있더군요. 원래라면 하루에도 몇 번씩 최상위 랭커에 관한 글이 올라오거든요. 어디에 있다든가, 어디서 봤다든가, 뭔가를 한다든가. 그런데 1주일이 넘도록 그들에 대한 이야기가 단 한 건도 없어요. 랭킹 100위 안에 있는 유저들 중에서 무려 17명이나요. 혹시 무슨 일인지 알고 계신가 싶어서 염치불구하고 이렇게 여쭤봅니다.]

혁수의 물음에 잠시 손을 멈추는 무혁이었다.

'흐음, 이걸 어쩌나.'

아마도 그들은 숨겨진 힘을 찾기 위해 분주히 움직이는 것이 분명할 터.

'나쁘지 않은 사이야.'

어쩌면 앞으로도 많은 일에 도움을 받을 수 있을지도 모른다.

[무혁 : 많이 궁금하신가요?]

[혁수 : 물론입니다!]

[무혁 : 그러면 한 가지만 약속하죠.]

[혁수 : 네? 어떤……?]

[무혁 : 제가 답을 드리는 대신, 나중에 부탁 하나만 들어주는 거로.]

[혁수 : 으음, 잠시 회의를 하고 답을 드려도 될까요?]

[무혁 : 그러세요. 참, 미리 알아두셔야 할 건 있습니다.]

[혁수 : 어떤……?]

[무혁 : 답은 생각보다 훨씬 더 간단한 겁니다. 그럼에도 궁금하다면 회의를 끝내고 다시 채팅 주시길.]

[혁수 : 알겠습니다.]

파바밧.

얼마나 나아갔을까. 천천히 늦춰지는 속도. 윈드 스텝으로 달리다 보니, MP가 없어서 강제로 휴식을 취하게 되었다.

[‘검뼈3’이 역소환됩니다.]

[‘검뼈7’이 역소환됩니다.]

[소환수가 경험치를 획득합니다.]

[소환수가 경험치…….]

공복도가 꽤 떨어졌기에, 역소환 메시지를 바라보며 요리를 시작했다. 대충 스프를 만들어서 다 먹으니 스켈레톤이 전부 역소환이 되었다. 군마를 소환할 수 있게 된 것이다.

하지만 막상 갈 곳이 없었다. 오늘은 혼자 시간을 보내야 하는데 이제 겨우 12시가 넘었을 뿐이었다.

‘뭘 하면 좋을까.’

다시 한번 길드원을 쳐다봤다.

"진짜로 물어본다?"

"예, 저희도 너무 궁금했습니다."

"무혁 유저라면 이상한 부탁을 하진 않을 거겠죠."

"아마도?"

"그럼 물어보죠."

"진짜?"

"예, 그만 좀 물어보십시오!"

"그래, 그만 물어. 지겹다."

결국 고개를 끄덕이는 혁수였다.

"좋아, 물어보자고."

손을 뻗어 채팅창을 열었다.

[혁수 : 회의가 끝났습니다.]

곧바로 답장이 왔다.

[무혁 : 결정은 하셨나요?]

[혁수 : 네, 부탁 하나를 들어드리겠습니다.]

[무혁 : 반드시 지키셔야 합니다.]

[혁수 : 물론입니다!]

[무혁 : 좋습니다. 답은 간단합니다. 그들은 지금, 각 대륙에 숨겨진 힘을 찾고 있는 겁니다.]

그 말에 혁수가 낮은 탄성을 뱉었다.

"아……!"

이번 메인 에피소드가 아닌가. 각 대륙에 숨겨진 힘. 멍청하게, 왜 그걸 생각하지 못한 걸까.

아니, 아니지. 가장 중요한 게 빠져 있다. 그렇다면 그 숨겨진 힘을 어떻게 찾아내는가. 도대체 무슨 방법으로?

마침 무혁의 채팅이 하나 더 날아왔다.

[무혁 : 하나 더 말씀드리죠.]

[혁수 : 아, 네.]

[무혁 : 대신 지금 방송 중이라거나 녹화 중이라면 전부 끄세요.]

무혁의 말에 혁수는 급히 녹화를 중지했다.

[혁수 : 껐습니다.]

[무혁 : 믿고 하나만 더 언급을 드리죠. 일반적으로 잘 알려지지 않은 퀘스트를 깨다 보면 미개척지대와 관련이 있는 퀘스트를 얻을 수 있을 겁니다. 미개척지대 퀘스트는 절대로 놓치지 마세요.]

[혁수 : 아……! 가, 감사합니다!]

[무혁 : 네, 나중에 부탁할 게 생기면 말씀드리겠습니다. 아, 웬만하면 믿을 수 있는 사람에게만 말하세요.]

[혁수 : 알겠습니다!]

채팅을 종료한 혁수가 길드원을 쳐다봤다.
"크흠."
헛기침에 친구 녀석이 어깨를 쳤다.
"뭐야, 뭔데?"
길드원도 궁금한 표정을 숨기지 못했다.
"길드장님, 무혁 님이 뭐라고 해요?"
"어서 알려주세요!"
혁수가 목소리를 낮췄다.
"알았다. 그전에, 지금 여기 방송 중인 사람 손들어."
몇 명의 길드원이 손을 들었다.
"녹화 중인 사람도."
다시 몇 명이 추가된다.
"전부 꺼."
"껐습니다!"
"저도요!"
"좋아, 무혁 님이 뭐라고 했냐면 말이다. 그들은 지금……."
묘한 긴장감이 흐른다. 뭐라고 했을까. 알 수 없는 기대감에 절로 사방이 쥐죽은 듯 고요해졌다.
그제야 입을 여는 혁수.
"각 대륙에 숨겨진 힘을 찾고 있는 중이라더라."
"헙……!"
"아, 숨겨진 힘!"
"맞아. 지금 메인 에피소드2잖아?"

"그러게! 멍청하게, 왜 지금까지 몰랐지?"

처음에는 모두들 들뜬 표정이었다. 하지만 시간이 흐르면서 상황을 파악했다.

"어? 근데 길드장님."

"왜?"

"그 숨겨진 힘은 어떻게 찾는 거죠?"

그에 혁수가 어깨를 으쓱거렸다.

"그건 나도 모르지."

"예……?"

"무혁 님에게 물어보기로 했던 건 그들이 지금 뭘 하고 있는지에 대해서니까."

"아, 그건 그렇지만……."

"아, 뭐야. 그럼 의미가 없는 거잖아요."

혁수는 실망하는 길드원을 보며 미간을 찌푸렸다.

'미안하다, 애들아.'

하지만 이들 전부를 믿을 순 없었다. 냉정하지만 그게 현실이니까.

그때 옆에 있던 부길드장이자 현실에서도 20년 지기라고 할 수 있는 한 녀석이 옆구리를 툭 하고 쳤다.

"멍청아, 잘 좀 물어보지."

"크흠, 넌 나중에 보자."

"보긴 뭘 보냐? 지금 실컷 봐라, 멍청아."

"아니, 할 말이 있어서……."

"할 말은 개뿔. 어휴, 이런 걸 길드장이라고 따르다니. 친구만 아니었으면 아주 그냥 콱."

"……."

혁수는 답답함을 가슴에 묻었다.

'나중에 보자, 진짜.'

속으로 어떻게 놀라게 만들지 상상하면서.

한편, 무혁은 군마에 탑승한 채 느긋하게 경치를 감상했다. 그러면서도 이제 뭘 할지 고민했다.

'그냥 쉴까.'

참, 보상.

보스 몬스터를 사냥하고 획득한 보상이 궁금해졌다.

[킹 크로커다일 기여도 1위 보상 상자]×2

두 개인 것을 확인하고 하나를 꺼냈다.

상자가 열리면서 그 위로 무언가가 떠오른다.

[헬바트의 꼬리뼈]

고위 마족 헬바트의 꼬리뼈로 특수한 조건을 달성할 경우 숨겨진 기능이 드러난다.

특성 : 힘, 민첩.

고개가 절로 갸웃거려졌다.

'뭐지, 이건?'

사체 분해를 통해 얻는 뼈처럼 특성이 있었다. 다만, 형태가 누가 보더라도 화살의 모양새였다. 게다가 설명 문구도 이상했다. 특수한 조건에, 숨겨진 기능이라. 뭔가가 있다는 건 분명한 사실. 이걸 어떻게 사용해야 할지가 문제였다.

'흠, 일단 나머지 상자부터.'

상자를 하나 더 열었다. 이번에는 상당히 좋은 수준의 랜서가 한 자루 나왔다.

'이건 강화해서 기마병 줘야겠고.'

무혁은 다시 헬바트의 꼬리뼈를 쥐고서 고민에 빠졌다. 그렇게 10여 분이 흘렀을 즈음, 고민의 주제가 다른 방향으로 흘렀다. 아머아처로, 그리고 기마궁수로.

'그래, 어차피…….'

결단을 내리자마자 꼬리뼈를 인벤토리에 넣고 자리에 멈춘 후 군마를 역소환했다. 뒤이어 강한 존재감을 뿜어내는 스켈레톤 궁수들이 모습을 드러냈다. 안타깝게도 앞으로는 이 녀석들을 소환하는 일이 없을 것 같았다.

"그동안 수고했다."

미안한 마음도 들었지만 어쩔 수 없는 일이었다.

아머아처1, 앞으로.

앞으로 나선 녀석에게 손을 뻗었다.

[문양을 회수합니다.]

힘을 상승시켜 주는 문양. 지휘 권한의 문양.

그것들을 회수한 후 뼈를 하나씩 뽑았다.

[강화 아머아처1의 힘(0.22)이 하락합니다.]

[강화 아머아처1의 힘(0.12)이 하락합니다.]

[강화 아머아처1의 체력(0.12)…….]

그렇게 상당한 시간을 소모하여 차례대로 모든 뼈를 수거했다.

잠시 후. 너덜너덜해진 아머아처와 활뼈들을 보니 마음이 좋지 않았다. 그렇다고 해서 달라질 건 없었다. 녀석들을 보내고 기마궁수를 불렀다.

덜그덕, 타닥.

군마에 탑승한 상태의 아머아처와 활뼈들. 보는 것만으로도 든든했다. 기동력을 바탕으로 몬스터를 유린하는 모습이 지금도 눈에 선명했다.

녀석들이 문양을 지니고, 또 뼈를 교체하여 높은 수준의 스탯을 지니게 된다면? 분명 일반적인 궁수와는 차원이 다른 파괴력을 보여줄 수 있게 되리라.

기마궁수의 뼈를 뽑고 아머아처가 사용했던 뼈를 녀석에게 심었다.

[기마궁수1의 민첩(0.12)이 하락합니다.]
[기마궁수1의 힘(0.48)이 상승합니다.]

처음으로 심는 뼈이기 때문일까. 스탯의 상승치가 컸다. 몇 번 바꾸다 보니 서서히 스탯의 증가치가 하락하고, 0.18로 고정되었다.

'그래도 아직 꽤 많아.'

아머아처1에게서 얻은 뼈를 기마궁수1에게 전부 심었다.

'이제, 문양.'

지휘 권한 문양과 힘을 올려주는 문양이었다.

스윽.

옆으로 이동해 기마궁수2에게도 문양을 심었다. 뼈를 교체해 주고 다시 옆으로 이동해 기마궁수3에게도 똑같은 것들을 줬다. 그렇게 모든 기마궁수의 뼈를 교체하고 나서 녀석들을 역소환하려는 순간 문득 말도 안 되는 생각이 떠올랐다. 생각해 보면 정말로 특이했다. 기마궁수 스킬을 얻고 소환을 하자마자 이미 진화를 거친 25마리의 아머아처가 군마에 탑승하고 있었다. 나머지 11마리가 일반적인 활뼈였고.

그렇다면 기존 아머아처의 두개골은 어떻게 되는 것일까. 만약 녀석들의 두개골을 뽑아서 기마궁수에게 심어줄 수 있다면? 정말 말도 안 되는 생각이었지만 확인할 필요성은 있었다.

기마궁수를 돌려보내고 다시 스켈레톤 궁수를 소환했다. 그리고 뼈가 사라져 왜소해진 아머아처1의 두개골을 뽑았다.

[아머아처1의 모든 진화가 취소됩니다.]

손에 들린 두개골을 바라보다 스켈레톤 궁수를 역소환하고 기마궁수를 불러냈다. 그러자 한 마리의 기마궁수가 전면에 나섰다.

"허, 설마……?"

여전히 듬직한 상태의 강화 아머아처가 군마의 등에 탑승하고 있었다.

'진짜로 되진 않겠지.'

안 될 거라고 여기면서도 이상하게 마음은 조급해졌다. 무언가에 홀린 듯 급히 기마궁수26에게 다가가 두개골을 뽑아버린 무혁.

"후우……."

호흡을 길게 뱉어내며 강화 아머아처1의 두개골을 빈자리에 꽂았다.

['기마궁수26'이 진화를 시작합니다.]

[진화율 1%, 2%……]

거짓말처럼 진화율이 차오르기 시작했다.

[진화율 91%, 92%…….]

지루한 시간이 흐르고.

['기마궁수26'이 '강화 아머아처'로 진화합니다.]
[활에 특화되어 있습니다.]
[특성에 맞는 무기를 사용할 경우 대미지(20%)가 상승합니다.]
…….

정말로 진화에 성공했다.
'이거, 실화냐……?'
당황스러움은 찰나였다. 이렇게 되면 기마궁수 전원을 강화 아머아처로 진화시킬 수 있게 된다. 그 파괴력을 상상하는 것만으로도 전율이 일었다.
"기마궁수 역소환. 스켈레톤 궁수 소환."
곧바로 강화 아머아처의 두개골을 모두 뽑아버렸다. 다시 스켈레톤을 보내고, 기마궁수를 불러내어 한 마리씩 두개골을 교체했다.

['기마궁수27'이 진화를 시작합니다.]
['기마궁수28'이 진화를 시작합니다.]

['기마궁수29'가 진화를…….]

기마궁수36까지 두개골을 모두 교체해 줬음에도 14개의 두개골이 남았다. 스켈레톤을 전부 불러낸 후 두개골을 교체해 줬다.

전사 셋, 기마병 셋, 메이지 여섯.

남은 두 개의 두개골은 여유분으로 남겨뒀다. 기마궁수의 레벨이 낮은 편이라 금방 오를 것이다. 그때마다 새롭게 등장하는 기마궁수를 아머아처로 만들고 싶은 욕구가 생겨 버렸다. 전원이 강화 아머아처가 되어 몬스터를 유린하는 것이다.

'이제 꼬리가 남았나?'

헬바트의 꼬리뼈를 인벤토리에서 꺼냈다.

'기마궁수한테 주면 되겠지?'

보고 또 봐도 화살의 모양새였기에 그렇게밖에 결정할 수가 없었다. 문제는 이걸 어느 뼈와 교체를 할 것인가.

'아, 모르겠다.'

그냥 기마궁수1의 꼬리뼈를 뽑았다. 창조의 서를 사용하면 모양을 변형시킬 수 있었기에 괜찮을 것 같았다. 크기를 줄이고, 표시가 나지 않도록 교체하자 꼬리뼈가 은은하게 빛을 뿜었다.

[헬바트의 꼬리뼈가 반응합니다.]

[1. 궁수 클래스의 소환수와 하나가 되었습니다.]

[2. 꼬리뼈에 자리를 잡았습니다.]

[특수한 조건을 일부 달성하셨습니다.]

[숨겨진 기능이 드러납니다.]

[1. 관통력 증가]

[2. 각도 예측]

기대를 하긴 했지만 설마, 정말로 조건을 달성할 줄이야.

무혁은 혹시나 하는 마음에 헬바트의 꼬리뼈를 뽑은 후 다른 곳과 교체를 해봤다. 갈비, 다리, 팔뚝, 어깨, 목 등등. 하지만 그 모든 부위에서는 그저 하나의 조건만을 달성하여 절삭력 증가 효과만 가지고 올 뿐이었다.

결국 다시 꼬리뼈의 위치로 돌아간 헬바트의 뼈.

'그럼 이제 효과를 확인해 봐야지.'

관통력 증가는 이미 뭔지 알고 있었기에 넘어갔다.

'각도 예측이라?'

기마궁수1을 지휘하자 녀석이 움직였다. 활을 꺼내더니 꼬리뼈를 뽑아 시위에 걸었다. 무혁은 순식간에 재생성된 꼬리뼈를 힐끔 쳐다보다가 녀석의 시야에 집중했다.

스킬을 사용하자 푸른 선이 나타났다. 마치 화살이 날아갈 방향을 보여주는 것 같았다.

기마궁수1, 우측 돌멩이 상단 조준.

그러자 푸른 선이 두 개가 되었다. 우측 돌멩이 상단에 닿고서 휘어지는 선과 상단을 그대로 뚫고서 뻗어 나가는 선. 지금 상태에서 시위를 놓으면 꼬리뼈는 저 두 개의 선 중에서 어떤 것을 따라갈까?

기대하며 발사를 명령했다.

그러자 떠오르는 메시지.

[첫 번째 목표물에 대하여 관통력 증가 옵션을 적용시키겠습니까?]

[Yes/No]

절로 고개가 끄덕였다.

'이런 거구나.'

예스를 누르면 돌멩이를 뚫고서 뻗어갈 것이고 노를 선택하면 휘어지게 될 것이다.

무혁은 일단 No를 선택했다.

파앙!

이윽고 쏘아진 꼬리뼈가 휘어지는 선을 따라서 움직였다.

'아주 정확해.'

이번에는 좌측 상단을 노렸다.

[첫 번째 목표물에 대하여 관통력 증가 옵션을 적용시키겠습니까?]

[Yes/No]

예스를 누르자 돌멩이를 관통해 버렸다.

'좋은데?'

잘만 사용한다면 유저와의 대규모 전투 시에 상당한 효과를 볼 수 있을 것 같았다.

'음, 그리고 또……!'

생각에 잠겨 있던 무혁이 한숨을 쉬었다.

'뭐, 아는 게 있어야지.'

공부의 필요성을 다시금 느끼는 순간이었다.

'그래, 오늘은 책이나 보자.'

성민우와 예린, 김지연이 로그아웃했던 장소로 이동한 후 일루전에서 나왔다.

그리고 전에 사두었던 책 한 권을 들고 거실로 나갔다. 소파에 몸을 묻은 채 첫 장을 펼쳤다. 아직은 이해하기 어려운 내용들을 곱씹으며 천천히 읽기 시작했다.

약속했던 대로 밖에서 세 사람을 만났다. 성민우, 예린, 김지연. 그들과 함께하는 시간은 생각보다 더 즐겁고 또 여유로웠다. 늦은 저녁이 되고서야 벌써 이렇게 시간이 흘렀다는 걸 깨달았을 정도였으니까.

"벌써 11시야?"

"늦었네."

"이제 슬슬 집으로 돌아갈까?"

"그래야지."

김지연이 일어나자 성민우도 몸을 일으켰다.

"내가 바래다줄게."
"아, 고맙습니다.
자연스럽게 무혁은 예린과 남게 되었다.
"오빠, 우리 한잔만 더 하자."
"그럴까."
둘만의 오붓한 시간이었다.

"아, 정말루 그래따니까."
이미 취했는지 혀가 꼬이기 시작했다.
"그래?"
"응, 그래소 내가……."
무혁은 예린의 수다를 들으며 행복하게 웃었다.
"왜 그로케 봐?"
"예뻐서."
"아, 정말……."
손을 뻗어 예린의 볼을 당겼다. 너무나도 귀여웠다.
"아파앙."
"미안."
그날은 밤이 새도록 술을 마셨다.

다음 날. 지끈거리는 통증을 느끼며 눈을 떴다.
"으음……."
고개를 돌리자 잠들어 있는 예린이 보였다. 베개에 얼굴을 파묻고서 새근거리는 그녀의 모습에 충만한 행복감과 더불어 욕망이 차올랐다.

그녀의 머릿결을 쓸어내리자 눈을 뜨는 예린.

"오빠……?"

"일어났어?"

"으응."

미간을 찌푸리는 모습마저 아름다웠다.

"잘 잤고?"

"응, 몇 시야?"

"11시."

"벌써……?"

"응."

"으으, 이제 일어나야겠다."

그 순간 무혁이 예린의 이불을 내렸다.

"더 이상은 못 참겠다!"

"꺄아악!"

이른 시간부터 뜨거운 기운이 방 안을 채웠다.

잠시 후 샤워를 마치고 호텔에서 나온 무혁은 예린을 역까지 바래다줬다.

"내일 일루전에서 봐, 오빠."

"그래, 조심해서 들어가고."

"응!"

예린과 헤어진 후 무혁도 집으로 돌아갔다.

"이제 오냐?"

"어."

친누나, 강지연이 거실에 있었다.

"오늘 가족끼리 외식하는 거 알지?"

"알아."

무혁은 옷을 갈아입고서 거실 탁자에 놓인 책을 들었다.

"뭐야, 책 보게?"

"어."

"웬일이냐."

무시한 채 표시해 뒀던 곳을 펼쳤다. 전략에 전술에 대한 기본적인 이해를 돕기 위한 내용들. 어렵긴 한데. 하나씩 적용시키면 괜찮을 것 같았다.

"무슨 책인데?"

"전략이랑 전술."

"아하, 스켈레톤 때문에?"

고개를 끄덕였다.

"생각보다 열심히 하네."

"해야지. 직업이기도 하니까."

"호오."

무혁은 다시 책에 집중했다. 한 권을 모두 읽고 다른 책을 들었다. 그렇게 두 권의 책을 모두 읽으니 어느새 저녁 시간이 되었다.

"뭐 먹고 싶은 건 없고?"

"소고기?"

"음, 난 깔끔한 게 좋은데."

고민 끝에 내린 결정.

"그러면 한정식 어때요?"

"괜찮은데?"

"나두 찬성!"

모두에게 흡족한 메뉴가 정해지고, 유명한 한정식 식당으로 향했다. 그리고 한 상 가득 채워진 음식들을 깔끔하게 해치워 버렸다.

"맛있었지?"

"응, 최고!"

"네, 잘 먹었어요."

부른 배를 두드리며 집에 도착한 무혁은 다시 소파에 앉았다. 그리고 책을 들고 어디까지 읽었는지를 체크했다.

'여기까지 봤지.'

책은 생각보다 재미가 있었다.

다음 날. 무혁은 평소보다 훨씬 일찍 잠에서 깨어났다. 잠시 고민하다가 일루전에 접속했다.

'공헌도는 애매하고, 업적 포인트나 쓰자.'

성민우, 예린, 김지연이 접속하기 전까지 스킬 조합으로 획득한 업적 포인트를 사용할 생각이었다. 그를 위해 워프를 이용하여 제국으로 향한 후 근처에 자리를 잡고 있는 거대한 신전으로 들어갔다.

"어서 오십시오."

"쌓아둔 업적의 힘을 사용하려고 합니다."

"자, 잠시만……!"

머지않아 대신관이 나타나 무혁을 안내했다.

"이쪽으로."

"네."

그를 통해 업적의 문으로 들어갔다. 어둠만이 가득한 공간. 곧이어 홀로그램이 나타나 시야를 밝혔다.

[업적 포인트 2단계]

[힘의 물약]

[민첩의 물약]

[체력의 물약]

지식과 지혜까지 평소와 같은 문구다.

"흐음."

상상하는 것만으로도 즐거웠다. 무려 5,300점. 스탯을 300개 이상 구입할 수 있는 수준이었다.

힘의 물약을 20개 정도 구입했을 때.

[힘의 물약을 총 100개 구입하셨습니다.]

[더 이상 힘의 물약을 사용할 수 없습니다.]

떠오른 글귀에 미간을 찌푸렸다.

'100개……?'

벌써 그렇게 구입했던 모양이다.

"이런."

'설마 제한이 있을 줄이야.'

별수 없이 다음으로 체력과 민첩을 고루 구입했다. 체력은 50개, 민첩은 70개를 구입하자 100개가 채워졌다는 메시지가 떠올랐다. 사용한 업적 포인트가 2,100. 남은 포인트가 3,200이었다.

'그래, 메이지 마법 대미지도 높여야 하니까.'

MP 회복률도 높으면 더 좋다는 생각에 잠시 고민하다가 지식과 지혜를 구입했다.

[지식의 물약(95개)을 구입하시겠습니까?]

[지혜의 물약(90개)을 구입하시겠습니까?]

물약을 구입한 후, 모두 마셨다.

[힘(1)이 상승합니다.]×20

[체력(1)이 상승합니다.]×50

[민첩(1)이 상승합니다.]×70

[지식(1)이 상승합니다.]×95

[지혜(1)가 상승합니다.]×90

엄청난 스탯의 상승이었다. 남은 업적 포인트는 425. 공격력이나 사야겠다는 생각에, 1단계로 내려가서 물리 공격력의 물약을 구입했다. 전부 마셔서 공격력 141을 올린 후 스탯을 확인했다.

"하하……."

사기적인 스탯에 괜히 가슴이 뛰고, 실소가 절로 새어 나왔다.

'미쳤구나, 진짜.'

뭐, 더 이상 2단계는 사용할 수 없고, 1단계도 머지않아 제한이 걸릴 테니.

'그 이후엔……?'

아마도 3단계로 넘어가야 하리라.

얼추 생각을 정리한 뒤 업적의 방에서 나왔다. 그리고 잠시 후에 접속한 세 사람에게 제국으로 오라는 채팅 메시지를 보냈다.

[강철주먹 : 오케이. 같이 감.]

[예린 : 조금 있다가 봐!]

"이틀 동안 푹 쉬었지?"

"어, 진짜 잘 쉬었다."

"저두요……!"

"나두!"

다들 흡족한 표정이었다.

"그럼 충전도 된 거 같으니까, 다시 가보자고."

"오케이!"

카이온 대륙의 서쪽 끝까지 가야 할 것 같았기에 이동하는 시간만 해도 상당한 시일을 잡아먹을 것 같았다. 최대한 워프 게이트를 활용해도 마찬가지이리라. 그렇기에 급하게 서두르진 않았다. 간간이 몬스터도 사냥했고 큰 마을이 보이면 들러서 충분하게 휴식도 취했다. 틈틈이 경매 시스템을 열어 두개골과 괜찮은 아이템이 있는지도 체크하고 제작, 강화, 요리도 멈추지 않았다.

"후, 강화 레벨도 올랐고."

"오, 벌써?"

"어, 빅 스켈레톤 레벨은 7이고."

3레벨에 2마리, 5레벨에 3마리. 7레벨이 되면서 4마리를 소환할 수 있게 되었다.

"기마궁수는?"

"1레벨 올랐지."

"크, 좋네!"

"너도 많이 올렸잖아."

"당연하지!"

그러다 너무 여유로운 것 같아 속도를 올렸다. 군마로 달리고 마을간 워프를 타고 휴식을 취하고. 그렇게 3일째.

"후아, 드디어……."

지도상에 나와 있는 서쪽의 끝에 도착했다.

하지만 이제부터가 시작이리라. 끝나지 않은 길. 개척되지 않은 공간에 첫발을 내디딘 것이기에.

"긴장하자고."

"으응."

어떤 정보도 없기에 조심해야만 했다.

스컬 스네이크 소환.

먼저 스컬 스네이크를 사방으로 퍼뜨려 최대한 멀리 보낸 후 시야 확보를 통해서 상황을 살폈다.

특이한 점이 보이지 않았기에 걸음을 옮기자, 마찬가지의 거리를 스컬 스네이크가 이동한다. 그렇게 일정한 거리를 유지하면서 서쪽 지역을 탐색했다.

"오빠, 어때?"

"아직은 조용한데? 어, 잠깐만."

말하기가 무섭게 몬스터 무리가 발견되었다. 대략 40여 마리. 가장 후미에 위치한 한 녀석이 눈에 들어왔다. 덩치도 컸고 등에 날개 한 쌍이 있어서 더욱 시선을 끌었다.

"뭔데?"

"몬스터. 40마리 정도."

"오호, 몸 좀 풀려나?"

"한 녀석은 날개도 있어."

"그래?"

"나머지 녀석의 이마에는 검은 뿔이 있고. 무기는 창, 활, 지팡이……."

"허, 완전 부대잖아?"

"뭐, 일단 싸워보자고."

생김새와 무기에 대한 파악을 끝내고 전투를 준비했다.

전원 소환.

"보인다."

저 멀리, 몬스터 무리가 시야에 들어올 즈음.

메이지, 전원 마법 준비.

훤히 드러난 상태에서 대기했다. 숨을 곳도 없었기에.

"왔다."

사정거리 안에 도달하자, 망설일 것 없이 공격을 명령했다.

후우웅.

하늘을 채운 마법들이 놈들에게 쏟아진다. 그러자 몬스터 무리가 고개를 들어 그 장면을 바라봤다. 후미에 위치하고 있던 날개 달린 녀석이 손을 들자 전원이 등에 달고 있던 거대한 방패를 꺼냈다. 그리고 무릎을 굽힌 후 방패에 신체를 숨겼다.

쾅, 콰아아앙!

그곳으로 내리꽂힌 마법들.

후우웅.

불어닥치는 후폭풍의 중심지.

기마병이 거칠게 질주한다.

파바밧.

무서울 정도의 속도로 거리를 좁히고 창과 랜서를 앞으로 내뻗은 채 피어오르는 먼지를 꿰뚫었다.

속도에 속도가 더해진 힘. 그야말로 파괴적인 에너지 그대로 몬스터 무리를 도륙할 것만 같았지만, 상황은 그리 쉽게 흘러가지 않았다. 무언가에 막힌 듯, 더 이상 전진하지 못한 채 그 자리에 멈춰 버렸다.

콰아앙!

직후, 강한 폭발과 함께 기마병 전원이 뒤로 밀려났다.

"음……?"

무혁의 미간이 찌푸려졌다.

'저렇게 허무하게?'

돌파는 못 하더라도 힘겨루기 정도는 가능할 거라고 생각했다. 또한 그렇게 되는 것이 정상이었고.

하지만 그러지 못했다. 지금처럼 바닥을 깊게 파면서 물러났다는 건 그 정도로 몬스터 무리의 힘이 강력했다는 의미. 그럼에도 불구하고 후폭풍이 크지 않은 점을 감안해 본다면 한 가지 추론이 가능해진다.

완벽한 힘 조절. 녀석들은 지금, 그걸 해내고 있었다. 인간도 아닌 몬스터가 말이다.

"뭐야? 기마병이 밀리는 건 오랜만에 보는데?"

"아니지."

"응?"

"진화하고 나서는 처음이지."

"아, 맞네……!"
"생각보다 더 셀 거 같으니까 조심들 하고."
"오케이."
"응, 걱정 마."
"지연이도 집중해 줘."
"네에!"
무혁은 먼저 버프 디버프 계열 스킬부터 사용했다. 적군의 능력을 최대한 낮추고, 아군의 능력을 높이는 것.
이후, 아머기마병을 뒤로 물리고 달려가던 아머나이트에게 자리를 지키도록 명령했다. 아머기마병과 아머나이트가 만나는 순간 좌우로 물린 후 정면을 향해 뼈 화살을 날려 보냈다.
팡, 파바방!
방패로 몸을 가린 채 거리를 좁혀오는 몬스터 무리.
"워후……."
압박감이 생각보다 강했다.
무혁은 끊임없이 뼈 화살을 쏘았다.
풍폭, 강력한 활쏘기.
그러나 대부분의 공격이 몬스터가 지닌 방패에 막힌 채 힘을 잃고 바닥에 떨어지거나 조각나며 부서져 버렸다. 심지어 유도 화살조차 방패에 막혀 버리는 상태였다.
풍폭, 갉아먹는 화살비. 풍폭, 쏟아지는 검.
스킬을 난사해 봤지만 마찬가지였다.
파천신궁 제3초식, 파천사.

녀석들은 흔들림 없이 전진해 왔다.

'뭔가 방법이……!'

순간, 어제 읽었던 책의 내용이 떠올랐다.

적의 후미를 쳐라.

동시에 가장 큰 녀석이 눈에 들어왔다.

'잠깐만. 그래, 그렇지.'

만약 생각대로만 된다면 꽤 재밌는 연출이 나올 것 같았다.

무혁은 바로 기마궁수1의 시야에 집중했다.

기마궁수1, 꼬리뼈 사용. 풍폭, 파워샷 준비.

녀석의 뼈 화살에 풍폭도 걸어줬다. 꼬리뼈가 시위에 걸리자 경로가 표시되었다. 나타난 푸른 선을 조금 아래로 내리자 자연스럽게 기마궁수1 역시 겨냥하던 목표점을 낮췄다.

놈들에게서 조금 벗어나 있던 푸른 선이 몬스터에게 닿는다. 그것을 가장 뒤쪽에 위치한 거대한 녀석에게 도달하도록 만들었다.

'방향은 맞췄고.'

방패에 맞은 푸른 선이 하늘로 솟구쳤다.

조금 더 위로, 아래로. 각도를 조절하여 방패에 맞은 꼬리뼈가 원하는 곳으로 날아가게끔 각도를 조절했다.

기마궁수1, 발사.

[첫 번째 목표물에 대하여 관통력 증가 옵션을 적용시키겠습니까?]

[Yes/No]

'No'를 선택했다.

파앙!

꼬리뼈가 공기를 찢어발기며 날아갔다.

'정확해.'

덩치가 가장 큰 녀석의 방패에 맞은 꼬리뼈의 방향이 틀어진다. 바로 앞에 위치한 조금 작은 몬스터의 등으로 향한 것이다.

콰앙!

폭발과 함께 공격을 당한 녀석, 그리고 주변 녀석들이 움찔거리는 게 느껴졌다.

[검은 전투단원에게 893의 대미지를 입힙니다.]

[1,607의 추가 대미지를 입힙니다.]

순식간에 재생성된 꼬리뼈를 이용해서 두 번째 발을 쏘았다. 각도를 조절하여 정확하게.

팡! 파앙!

피해량은 크지 않았다. 지금 이게 가능한 건 기마궁수1, 한 마리뿐이었으니까. 하지만 가장 거대한 녀석 바로 앞에 위치한 검은 전투단원의 행동이 조금씩 느려지고 있음을 분명하게 확인할 수 있었다.

큰 것은 필요가 없었다. 아주 작은 틈, 그것만 있으면 되었다. 꼬리뼈에 환각의 독을 묻혀서 사용해 봤지만, 효과가 없었다. 뒤에 있던 녀석이 앞에 있는 놈을 강제로 밀어붙이고 있었기 때문이다.

결국 그 상태로 거리가 좁혀졌고 별수 없이 아머나이트와 아머기마병을 보내어 전진하는 것을 막았다.

쾅, 콰아앙!

거친 싸움이 그곳에서 벌어졌다. 그 와중에도 기마궁수1은 계속해서 한 녀석만을 노렸다. 몇 번 더 반복하여 행동을 숙달시킨 후 계속 같은 곳을 노리도록 명령을 내렸다.

정확하게 명령을 따르는 기마궁수1의 모습에 만족하며 고개를 돌렸다.

"가자."

"오케이!"

성민우는 좌측으로, 무혁은 우측으로 갈라졌다. 최대한 흔들어 틈을 만드는 게 우선이었다.

방패로 밀집된 대형. 저것을 깨뜨려야만 제대로 된 대미지를 입힐 수 있기 때문이다.

빠른 속도로 우측으로 이동하여 검은 전투단원들을 눈에 담았다. 녀석들 전원이 방패를 한 손에 지니고, 또 한 손에는 무기를 들고 있었다. 뼈 화살이나 마법을 방패로 막으면서도 공격을 퍼붓는 일사불란한 몸놀림은 훈련이 잘된 정예기사 같았다.

윈드 스텝을 이용해서 그들에게로 향하는 무혁.

거리가 좁혀졌을 즈음.

풍폭, 파워대시.

눈앞에 있는 검은 전투단원에게 달려들었다.

콰아앙!

스킬로 부딪혔음에도 놈은 흔들리지 않았다.

'후우……!'

연이어 검을 그었다.

백호검법 제2초식, 백호파.

텅, 터덩, 터더덩!

그제야 조금 흔들리는 검은 전투단원. 그러나 바로 뒤에 위치한 몬스터가 굳건하게 버티는 탓에 틈을 만드는 것엔 실패했다.

'흡!'

백호파가 끝나고. 뒤로 물러나서 3초식, 백호참을 날렸다.

쿠우우우웅!

여전히 흔들리지 않았다.

'어쩌라는 거야?'

미간을 찌푸리며 꾸준히 공격을 이어갔다.

쾅, 콰광!

그러면서도 시야 확보를 통해 아머나이트와 기마병의 상태를 체크했다. 다행이라면 강화 아머나이트가 생각보다 더 잘 버텨주고 있다는 사실이었다. 치유 정령의 도움도 컸지만, 강화 스켈레톤 마스터리의 힘도 무시할 수 없었다.

[강화 스켈레톤 마스터리 13+2Lv(67%)]

1. 근접 계열 스켈레톤의 방어력과 체력이 12.5퍼센트 상승한다.

2. 원거리 계열 스켈레톤의 물리, 마법 공격력이 12.5퍼센트 상승한다.

4. 모든 스켈레톤의 공속, 이속, 반응속도가 6.25퍼센트 상승한다.

근접 계열은 생존력을, 원거리 계열은 공격력을 집중적으로 올려주는 최고의 스킬이었다. 게다가 공속, 이속, 반응속도까지. 처음 확인했을 때는 까무러치는 줄 알았다. 좋아도 너무 좋았으니까.

마스터리의 경우 스킬 레벨이 엄청 더디게 오르는 편이다. 20이 만렙임에도 불구하고 기존 마스터리의 레벨이 겨우 13일 정도였으니까.

강화 스켈레톤 마스터리는 기존 스킬의 영향을 받아 처음부터 13레벨이었고 덕분에 전투력 상승에 큰 도움이 되었다.

'그러니, 버텨라. 틈을 만들어낼 때까지.'

풍폭, 십자베기!

무혁의 공격이 다시 이어졌다.

지루한 공방전으로 짜증이 목구멍까지 솟구쳤을 즈음.

[검은 전투단원을 처리했습니다.]

[경험치가 상승합니다.]

떠오른 메시지에 급히 물러났다.

'어디야……!'

가장 거대한 몬스터. 그 앞이 비어버렸다. 기마궁수가 꼬리뼈의 각도를 활용하여 결국 가장 큰 녀석의 바로 앞에 위치한 검은 전투단원을 죽여 버린 것이다.

무혁은 급히 포이즌 오우거를 지휘했다. 아주 작은 틈, 그곳이 메워지기 직전 HP가 가장 적게 남은 빅 스켈레톤 한 마리가 점프하여 안착했다. 그리고 그 틈을 타서 메이지에게 마법공격을 명령했다. 기마궁수 역시 뼈 화살을 날렸고 무혁도 스킬을 난사했다.

쿠와아아앙!

빅 스켈레톤의 신체 위로 떨어지는 마법들.

['빅 스켈레톤2'가 역소환됩니다.]

마법에 맞아 사라졌으나 그 희생은 결코 헛되지 않았다.

크워어어어!

덕분에 미처 채우지 못한 틈으로 뒤이어지던 공격들이 꽂혔고 충격에 드디어 제대로 된 틈이 만들어진 것이다. 그 틈으로 포이즌 오우거, 설인, 붉은 오크 대전사, 빅 스켈레톤 등이 안착했다.

피어, 지면 깨뜨리기. 기파. 아이스 홀드, 아이스 스페이스. 버서커 모드, 넉백.

각종 스킬을 활용에 틈을 더욱 넓혔고. 생겨난 공간으로 랜서와 창이 비집고 들어갔다. 강화 아머기마병의 돌격에 결국 몬스터 무리가 몇 개의 그룹으로 쪼개어졌다. 급히 아머나이트를 포진시켜 합류를 방해했다.

"후, 드디어……."

제대로 된 대미지를 입힐 수 있게 되었다.

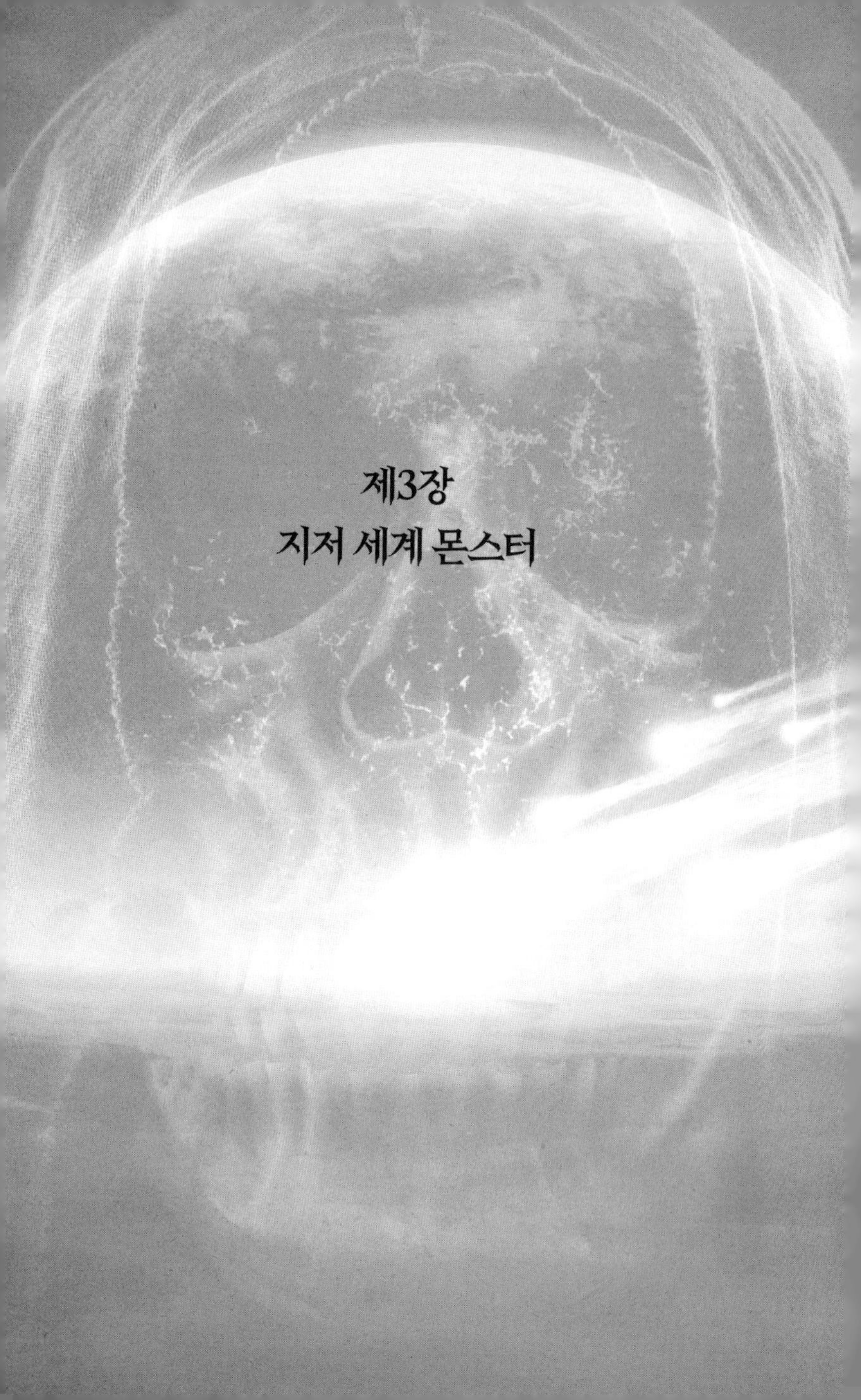

제3장
지저 세계 몬스터

마지막 남은 한 녀석, 검은 전투단장이 거칠게 반항했다.

크워어어어!

무리를 이끄는 가장 거대한 덩치의 몬스터. 놈은 준보스급이라고 해도 과언이 아닐 정도의 파괴적인 힘을 지니고 있었다. 그 탓에 꽤나 살아남았던 나이트와 기마병이 전멸. 마법사 역시 큰 피해를 입었다.

하지만…… 무혁은 분명하게 웃고 있었다.

탁, 타다닥.

기마궁수가 여전히 상당수 살아남은 탓이었다.

전원, 파워샷!

기동력을 바탕으로 검은 전투단장을 농락했다. 가끔 스킬을 사용할 때마다 한두 마리씩 피해를 입긴 했지만 결국 먼저 쓰러진 건 녀석이었다.

[검은 전투단장을 처리했습니다.]

[경험치를 획득합니다.]

"후아."

정말로 긴 전투였다.

"15분 넘게 걸렸지?"

"20분 정도."

"더럽게 힘들다."

"진짜, 엄청나게 힘들었어."

경험치로 파악해 봤을 때 단원의 레벨은 대략 210. 단장은 230 이상이었다.

"오래 걸리긴 했는데, 어쩔 수 없지."

"맞아. 그 대단한 힘을 쉽게 얻으면 말이 안 되니까."

"그렇지."

"아무튼 좀 쉬었다가 가자."

그때 뒤쪽에 있던 예린과 김지연이 다가왔다.

"오빠……."

그녀들의 얼굴이 꽤나 수척해졌다. 한 번의 전투에 쏟아부은 정신력이 상당했던 것이다.

"좀, 어려웠지?"

"아니, 조금이 아니라 많이!"

"힘들었어요……."

"다음 전투부터는 지금처럼 엄청 힘들진 않을 거야."

"응? 왜?"

"왜긴, 한정 부활로 살려야지."

"아, 맞다!"

무혁에게는 리바이브, 아니, 이젠 보다 더 강력해진 한정 부활이 있었다. 그것으로 죽은 녀석들을 살린다면 기존의 80퍼센트에 달하는 능력치를 지니게 된다.

60퍼센트의 능력치를 지녔을 때도 큰 도움이 되었는데, 80퍼센트라면?

"생각보다 더 쉬워질지도 모르고."

말을 하면서 인벤토리에서 요리 도구를 꺼낸 무혁.

"뭐, 그건 그때 가서 생각하고. 일단은 뭐라도 먹자."

"응!"

간단한 요리로 포만감을 채웠다. 충분한 휴식 시간을 가졌고 그 시간을 활용해 스컬 스네이크로 주변을 탐색했다.

"길이 좁아지는데?"

"갈수록?"

"어, 그리고 그 중간에 몬스터도 있고."

"이번엔 몇 마리야, 오빠?"

"대충 60마리?"

방금 전 40여 마리보다 20마리가 더 많았다.

"덩치 큰 놈, 단장은 둘."

"흐음……!"

게다가 준보스급 몬스터도 한 마리가 추가되었다. 그럼에도 누구 하나 피해가자는 말을 하지 않았다.

"가능하겠지?"

"충분히."

한정 부활을 믿었기 때문이다.

"살리고 가자."

"오케이."

무혁의 시선이 허공으로 향한다.

[주변을 떠도는 몬스터의 영혼(41마리)을 발견했습니다.]

[몇 마리를 부활시키겠습니까?]

41마리 전부.

80퍼센트의 능력치를 지닌 검은 전투단장과 검은 전투단원이 모습을 드러냈다.

"스켈레톤 소환."

"정령 소환."

"다람쥐 소환!"

여기에 기존 소환수들이 합세한다.

곧이어 전투가 벌어졌고 격렬했으나 분명 처음보다는 여유롭게 승리를 쟁취해 냈다. 이후로도 같은 방법을 사용해 놈들을 사냥했고 나아갈수록 좁아지는 서쪽의 길을 따라 깊이, 더 깊이 들어갔다.

2주가 넘어가는 시간을 투자한 결과, 드디어 길이 끝나는 지점에 도착할 수 있었다.

"뭐야, 이건?"

끝이 보이지 않는 절벽 앞, 자그마한 호수가 보인다.

"분명히 얼어 있는데, 왜 뜨겁냐고……!"

기이한 현상을 일으키는 곳.

본능적으로 깨달았다. 여기가 바로 힌트가 알려주던, 숨겨진 힘이 깃들어 있는 장소임을 말이다.

얼어버린 호수에 손을 뻗는 성민우.

"으엇, 뜨거!"

"진짜로 뜨겁냐?"

"어, 진짜!"

"말이 돼? 얼어 있는데 어떻게 뜨거울 수가 있어?"

"만져 봐, 인마!"

"그럴까."

무혁은 어깨를 으쓱이며 조심스럽게 호수의 표면에 손을 뻗었다.

"……!"

정말로 뜨거웠다. 아직 물에 닿은 것은 아니지만 아래에서부터 활화산 같은 열기가 느껴졌다.

"대박이네."

"내 말이 맞지? 뜨겁다니까!"

"흐음."

"오빠, 진짜야?"

"응, 뜨거워. 아무튼, 여기가 힌트에서 봤던 그 장소가 맞는 거 같기는 한데……."

"그렇지, 여기밖에 없지."

"끝이니까."

"다만, 문제는 이걸 어떻게 하느냐."

네 사람 전부 고민스러운 표정이었다.

그때 성민우가 입을 열었다.

"그냥 깨자."

"뭐?"

"아니, 뭐. 그거밖에 더 있냐? 얼었으니까 깨야지."

"그런가?"

얼핏 일리가 있기는 했다.

"그래, 깨버리자고!"

일단 시도를 해보는 건 나쁘지 않은 것 같았다. 고민만 하는 건 무의미한 일이었으니까.

"스켈레톤 메이지 소환."

"오오, 기대된다, 기대돼."

"오빠, 파이팅!"

무혁은 고개를 끄덕이며 거리를 벌린 후 파이어 속성을 지닌 메이지만 따로 모았다.

1그룹으로 지정한다. 지정된 1그룹만 마법 공격을 사용하도록 명령했다.

하늘을 채운 불꽃들. 뜨거운 열기가 호수에 닿는다.

콰아아아앙!

후폭풍이 무혁과 성민우, 예린과 김지연을 휩쓸었다.

"으음……!"

"이 정도면 깨졌겠지?"

"당연하지!"

넷은 호수로 다가갔다.

"허얼."

조금의 흠집도 생기지 않은 호수의 표면을 바라보며 미간을 찌푸렸다.

"멀쩡한데, 오빠?"

"그, 그러네? 이게 어떻게 된 거지? 얼었으면 이 정도 마법에 녹거나 부서져야 정상 아냐?"

"그렇긴 하지. 근데 이건 얼었는데 뜨겁잖아? 애초에 정상적인 호수가 아니었으니까."

"으으……!"

그때 김지연이 조심스럽게 입을 열었다.

"저기……."

"응?"

"호수가 지금, 속은 얼었지만 겉은 뜨겁잖아요."

"그치."

"그러면 일단 겉에 있는 뜨거움을 없애는 게 우선 아닐까요……?"

순간 무혁의 눈이 반짝였다.

"겉을 식히고. 이후에 얼어버린 걸 녹여라?"

"네에."

"말 되는데?"

무혁의 반응에 김지연이 웃었다.

"와, 언니. 멋져!"

"고, 고마워."

"그럼 지연이 말대로 해볼게."

"오케이!"

이번에는 얼음 속성의 메이지를 따로 불러서 또 하나의 그룹을 만들었다. 2그룹이라 명명한 후 그들에게 마법 공격을 지시했다.

키릭, 키리릭.

녀석들의 손바닥에 새하얀 기운이 모여든다. 냉기를 풍기는 그것들이 형상을 이룬 채 뻗어 나갔다.

거대한 폭음 그리고.

치이이익.

그것은 열기가 식은 소리였다.

"오호……?"

급히 다가가 손을 뻗었다.

"식었어, 정말로."

"대바아아악!"

"열기가 하나도 안 느껴지는데?"

"그럼 이제 얼어버린 호수를 녹이면 되는 건가?"

"그렇지!"

무혁은 1그룹 강화 아머메이지에게 다시 한번 마법을 명령했다. 날아간 화염계열 마법이 얼어버린 호수를 비집고 들어갔다. 변하지 않을 것 같았던 호수의 일부가 우그러지며 녹아내렸고 아래쪽에 생각보다 깊은 공간이 생겨났다.

"오오오, 녹았다!"

"몇 번 반복하면 되겠는데?"

끝이 보이지 않는 곳.

보일 때까지 파괴하면 되리라.

잠시 후 사용이 가능해진 마법으로 공격 명령을 반복했다. 뻗어 나간 화염 마법이 다시금 호수에 내리꽂혔다. 순간 지진이라도 난 듯 바닥이 거칠게 흔들리기 시작했다.

"어, 어어……?"

생각보다 더 강한 충격이었다.

"제대로 부서진 모양이야."

급히 호수로 다가가 확인했다. 끝이 보이지 않는 구멍으로 물이 빨려 들어가고 있었다. 물의 높이가 빠르게 낮아지기 시작했고 흔들림이 멎을 즈음, 호수였던 장소의 바닥이 선명하게 보였다.

"일단 내려가 보자."

"어, 어어. 그래."

"와, 오빠. 바닥이 엄청 푹신해."

"신기하네."

무혁은 벽면과 바닥을 세심하게 살폈다. 소환수를 불러내어 시야공유까지 사용하면서 말이다. 그러나 아무리 시간이 지나도 특별하다 싶은 건 아무것도 나오지 않았다.

"특별한 건 없지?"

"어."

"후, 도대체 뭐지? 이건 뭐 아무리 봐도 별것 없는데?"

무혁이 고개를 저었다.

"하나가 있기는 하지."

"엥? 어디?"

무혁의 고개가 오른쪽으로 향한다.

"서, 설마 저거……?"

"어."

마법을 쏟아부어 만든 구멍.

"오빠, 설마 저기로 들어가자구?"

"안 될 건 없잖아?"

"그, 그건 그렇지만……."

"그리고 저기밖에 없어."

"으음."

네 사람 전부 구멍에 모였다.

"어떻게 내려가려고?"

"일단 스켈레톤부터 보내야지."

가장 먼저 포이즌 오우거와 아머나이트, 아머기마병, 설인,

빅 스켈레톤 두 마리를 앞으로 불러내었다.

"미안하다, 고생 좀 하자."

녀석들을 아래로 던져 버렸다.

키, 키릭?

한참 뒤, 퍽 하는 소리가 들렸고.

['포이즌 오우거'가 역소환됩니다.]

['아머나이트'가 역소환…….]

전원 역소환이 되는 모습에 고개를 끄덕였다.

100퍼센트 즉사.

느리겠지만 어쩔 수 없이 스컬 스네이크 다수를 아래로 보냈다.

"어때?"

"어두워서 안 보여."

"그럼 등불이라도 달아서 보내야겠는데?"

정령은 거리가 멀어서 안 될 것 같았기에 스컬 스네이크의 허리에 등불을 묶었다. 덕분에 어둠이 사라졌고 시야가 확보되었지만 아직은 특별히 보이는 게 없었다.

스윽, 슥.

그렇게 한참을 내려가던 중 드디어 지면에 도착했다.

"바닥이야."

"그래?"

"어, 잠깐만."

스컬 스네이크를 움직여 주변을 파악했다. 오른쪽 측면에 조금 더 짙은 어둠이 있었다.

저긴가?

접근 명령을 내리자 그 어둠과 거리를 좁히기 시작한다. 어둠이 선명하게 보일 때, 무혁이 웃었다.

“찾았다.”

“어? 오빠, 진짜?”

“진짜냐!”

“어, 아래쪽에 보니까 입구가 있던데? 물론 문으로 닫혀 있지만.”

“오오, 대박!”

“그럼 이제 내려가야겠네?”

“그렇지.”

“어떻게……?”

생각보다 긴 침묵이 이어지는 가운데, 가만히 있던 무혁이 고개를 갸웃거렸다.

저게 뭐지?

레버와 흡사한 것이 스컬 스네이크를 통해서 보였다.

밀거나 당기는 건가?

스컬 스네이크 여러 마리가 힘을 합쳐 레버를 당기도록 해 봤다. 느리긴 했지만 분명 레버가 움직였다.

두드드드드.

그 순간 진동이 일어났고.

“또 뭐야……?”

다들 급히 뒤로 물러섰다.

오직 한 명. 무혁만이 자리를 지켰다. 진동과 함께 시작되는 현상에 무혁은 그저 감탄할 뿐이었다.

"대박인데?"

그에 셋이 호기심을 보였다.

"뭔데? 안 위험하냐?"

"오빠, 일단 뒤로……."

무혁은 그들의 걱정을 뒤로한 채 물었다.

"지금 안 보이지?"

"응? 으응."

"여기 계단 생겼어."

"뭐? 진짜?"

"어."

그에 다시 다가오는 세 사람.

"와우!"

정말로 계단이 있었다. 타원형 계단을 타고 구멍의 가장 아래쪽에 도착한 네 사람.

"진짜 저기 있네."

"가 보자."

스컬 스네이크가 발견했던 문으로 나아갔다.

"밀어야 하나?"

손잡이가 보이지 않았기에 손을 뻗어 문을 건드렸다. 뻗어 나온 빛이 네 사람을 감쌌다.

"으음……!"
"아, 뭐야. 던전이냐, 여기?"
미간을 찌푸리며 눈을 뜨자.

[꺼지지 않을 불꽃, '영원히 타오르는 지저 세계'에 입장하셨습니다.]
[10일간 경험치가 50퍼센트 증가합니다.]
[강제 퀘스트 '영원히 타오르는 지저 세계 정화' 발동!]

알베타르 신전에 입장했을 때와 비슷한 문구였다.

[영원히 타오르는 지저 세계 정화]
[이곳은 지저 세계 중에 하나다. 지저 세계를 살아가는 종족은 천마 전쟁 시기, 천계와 마계, 두 곳 모두에게 대항하였고 끝내 그들에게서 저주를 받고 말았다. 영원히 타오르는 불꽃, 염화의 저주를 말이다. 저주의 근원이 되고 있는 몬스터를 처단하여 지저 세계의 불꽃을 깨뜨려라.]
[성공할 경우 : 성과에 따른 차등 지급.]
[실패할 경우 : 재입장 불가능.]

퀘스트 역시 알베타르의 신전과 흡사했다.
"오빠, 이거 엄청 비슷한데?"
"그치?"
"일단 현황부터 보자고."

"오케이."

전부 처리 현황을 확인했다.

[지저 세계 몬스터 처리 현황]

타오르는 진흙 전사 : 0마리

타오르는 진흙 궁수 : 0마리

…….

진흙, 모래, 스톤으로 나뉜 몬스터.

"진흙이 처음이겠지?"

"아마도."

"그다음이 모래, 스톤일 거고."

"음, 오빠."

"응?"

"이거 더 까다로운 거 맞지?"

지난번, 알베타르 신전에서는 성기사와 신관, 두 종류뿐이었지만 이번에는 세 종류나 되었기 때문이다. 게다가 전부 공격에 치중된 직업군이었다.

"음, 까다로운 건 모르겠지만 우리가 죽을 확률은 높아졌다고 할 수 있겠네."

"아……!"

"완전 공격에 치중되었으니까 최대한 조심하자고."

"으응!"

"오케이!"

말은 그렇게 했지만 자신은 있었다. 업적 포인트로 올린 스탯. 그로 인해 더욱 강해진 스켈레톤들.

쓸어버려야지. 충분히 그럴 수 있는 전력이었으니까.

잠시 후.

진흙으로 이뤄진 몬스터 무리와 마주했다. 전사와 궁수, 마법사로 이뤄진 녀석들은 전신이 뜨겁게 타오르고 있었다.

크, 크르으……!

비틀거리며 다가오는 모습은 한 편의 공포 영화라고 생각해도 손색이 없을 지경이었다.

"스켈레톤 소환. 암흑 치유의 정령 소환."

"정령 소환."

"다, 다람쥐 소환!"

나타난 소환수를 빠르게 배치한다.

좋아, 거기까지.

이후 버프와 디버프를 걸고.

[주변 적대 몬스터의 능력(10퍼센트)이 하락합니다.]

[주변 아군의 힘(10)이 상승합니다.]

[주변 아군의 체력(10)이 상승합니다.]

[주변 아군과 …….]

메이지와 기마궁수에게 공격을 명령했다. 뻗어 나간 마법과 뼈 화살이 놈들에게 꽂혔다. 곳곳에 위치하고 있던 진흙 전사가 방패를 들었지만 대열이 똑바르지 않아 진흙 궁수와 진흙 마법사에게 상당한 피해를 입힐 수 있었다.

"생각보다 괜찮을 거 같은데?"

뒤이어 강화 아머기마병이 달려가고.

돌격, 가속 찌르기.

랜스에 일부 몬스터가 꼬치처럼 꽂힌 채 흐느적거렸다.

"좋아, 나도!"

그 뒤를 성민우와 정령이 따른다.

화려한 연계 공격. 불꽃처럼 터져 나오는 스킬들.

폭발적인 힘에 진흙 전사 몇 마리가 순식간에 녹아버렸다.

"기분 최고다!"

흥이 나는지 거칠게 움직이는 성민우를 웃으며 바라보는 무혁. 그도 천천히 몬스터들과 거리를 좁히기 시작했다.

파천궁술 제1초식, 일점사.

일곱 대의 화살이 뻗어 나간다.

팡, 파바바방!

한 대, 두 대, 세 대.

첫 번째 몬스터의 가슴을 뚫고, 그것만으로는 모자라 그 뒤에 위치한 녀석의 가슴에 꽂히는 화살들.

네 대, 다섯 대, 여섯 대.

그리고 마지막 일곱 대에서 두 번째 녀석마저 꿰뚫어버렸다.

[크리티컬이 터집니다.]

[크리티컬이…….]

2초식, 무음사를 날리고 3초식, 파천사로 좁은 범위를 터뜨렸다.

콰아앙!

직후 접근하여 검을 휘둘렀다.

[4,911의 대미지를 입힙니다.]

[추가로…….]

멈추지 않고, 쉼 없이.

[경험치를 획득합니다.]

[경험치를…….]

그야말로 쾌조의 스타트였다.

5일 정도 빠르게 진격을 한 결과.

[지저 세계 몬스터 처리 현황]

타오르는 진흙 전사 : 1,912마리
타오르는 진흙 궁수 : 1,152마리
타오르는 진흙 마법사 : 651마리
…….

총 3,715마리를 사냥함으로써 드디어 진흙 몬스터 구간을 넘어갈 수 있었다.

"후, 이제 모래인가?"

진흙 몬스터는 정말로 쉬웠다.

모래도 그리 어렵지 않으리라. 스톤이 문제겠지.

무혁의 추측은 거의 정확했다. 모래 몬스터 역시 어렵지 않게 사냥이 가능했던 것이다. 덕분에 빠른 속도로 경험치를 올리면서 나아갈 수 있었다.

"정령들아, 날 따라라!"

성민우는 시원스러운 전투에 도취되어 갔다.

"완전 잘 부서진다고!"

모래이기 때문일까. 주먹으로 휘두를 때마다 경쾌한 타격감과 함께 해당 부분이 깊게 파이곤 했다. 그 느낌이 좋다면서 미친 듯이 공격을 퍼부었다.

"오오, 좋아!"

무혁은 고개를 저으며 검을 그었다.

[경험치를 획득합니다.]

쓰러진 녀석에게 다가갔다.

사체 분해.

모래이기에 뼈는 나오지 않았다. 다만 모래의 정수라는 이상한 잡템이 나왔는데 혹시 몰라서 모으는 중이었다. 가지고 있다가 정말 쓸모가 없다고 판단이 되면 그때 버려도 늦지 않았으니까.

"마무리다!"

"벌써?"

"후아, 내가 좀 움직였지."

성민우와 함께 예린, 김지연에게 다가갔다.

"고생했다."

"뭘."

"좀 쉬었다가 가자."

"오케이!"

"응, 오빠!"

"네에."

다들 자리를 잡고 휴식을 취했다.

무혁은 잠시 고민했다.

오랜만에 고강화나 해볼까.

오늘따라 이상하게 느낌이 좋았다. 아침에도 유독 개운했고 아침을 먹을 때에도 평소보다 더 화기애애했다. 게임에 접속해서도 전략 전술은 물론이고 자그마한 지시도 실수 없이 완벽하게 따라줬다. 모든 것이 술술 잘 풀리는 날이었다. 그게 영향을 끼친 것인지 강화가 머릿속에서 떠나지 않았다.

그래, 하자.

결단을 내린 후 망치를 꺼냈다.

"강화하게?"

"어."

대답하며 일몰하는 장검을 내려놓았다.

성민우의 눈이 커졌다.

"어? 설마, 그거를?"

"오, 오빠……?"

7강이라는 사실을 아는 동료들이었기에 놀랄 수밖에 없었다.

"실패하면 6강으로 내려가잖아?"

"그렇지."

"훅 간다, 그러다가. 이제 재료도 무제한 공급 아니잖아. 그리고 재료 구하기가 상당히 어렵다면서?"

"괜찮아, 이 정도는."

직접 사용하는 무기에도 투자를 하지 않을 정도로 짠돌이는 아니었다. 물론 경매 시스템을 활용한다고 하더라도 재료를 구하는 건 분명 힘든 편이었다.

하지만 시간을 투자한다면 다시 구할 수 있는 것 역시 분명한 사실이었다.

웃돈을 줘도 되고.

7강까지 복구하는 건 문제가 아닌 것이다.

느낌이 좋을 때 가야지.

그렇기에 마음을 가다듬었다.

강화.

스킬을 사용하자 붉은 점이 생성되었다.

"집중한다."

"어어, 그래."

"파이팅!"

고개를 끄덕인 후 점을 한참 바라봤다. 조금씩 점이 커져 간다. 집중력이 상승하고 있다는 증거였다.

스윽.

조심스럽게 망치를 들어 올린 후.

"후읍!"

힘을 주어 내리찍었다.

카앙!

정확하게 붉은 점을 때렸다.

[강화도가 상승합니다.]

[강화도 : 2%]

8강이기 때문일까. 강화도는 낮게 상승했다.

카앙!

정확하게 다시 맞히게 되니 4퍼센트. 또 한 번 맞히니 7퍼센트가 되었다.

카앙!
이번에는 실패.

[강화도가 하락합니다.]
[강화도 : 5%]

미간을 찌푸리며 잠시 망치를 멈춘다.
집중하자, 집중.
다시 붉은 점을 노려봤다.
지금……!
어느새 모든 소리가 사라지고.
카앙!
그곳에서 무혁은 마치 살아서 꿈틀거리는 것 같은 붉은 점을 노린 채 망치를 휘두르기 시작했다. 희미하게 보이던 주변의 시야마저 어두워지고, 오직 붉은 점. 그것만이 남았다. 순식간에 차오르는 강화도.
연속으로 성공하는 망치질.

[강화도가 상승합니다.]
[강화도 : 100%]
[칭호의 효과로 강화 성공 확률이 상승합니다.]
[강화에 성공하셨습니다.]

기분 좋은 예감이 들어맞았다.
화아악.
축복 같은 빛이 잠깐 퍼지더니 무기로 모여들었다.
"오, 오오? 성공한 거야?"
"우와, 대박!"
무혁은 웃으며 검을 들었다.

[일몰하는 장검+8]
물리 공격력 245+437
마법 공격력 270+485
모든 스탯 +7
변형 마법 적용.
절삭력 증가.
내구도 400/400
사용 제한 : 모든 스탯 50.

무려 8강짜리 무기였다. 물공이 700에 가까운.
"이걸로 조금 더 쉬워지겠지?"
"당연하지."
"휴식도 취했고, 고고?"
한층 더 자신감 있는 태도로 나아가는 그들. 이어지는 공격. 그리고 느껴지는 차이.
사람들이 강화에 열광하는 이유를 다시 한번 체감하는 순간이었다.

눈을 뜬 무혁은 일루전 홈페이지부터 확인했다.

이런……!

누군가가 숨겨진 힘을 찾았다는 내용이 게시판을 점령한 상태였다.

[제목 : 숨겨진 힘? 미친, 그거 진짜 찾는 거였음?]

[내용 : 아니, 메인 에피소드가 숨겨진 힘이라는 거야 누구나 다 알죠. 근데 설마 진짜 각 대륙마다 숨겨진 힘이 있을 줄 누가 알았겠음? 아, 그리고 솔직히 알았다고 쳐도 뭐 어디서 어떻게 찾으라는 거임?]

[제목 : 숨겨진 힘을 찾는 네바윙 길드.]

[내용 : 지금 힘을 찾은 유저가 네바윙이라는 길드인데 대규모 인원으로 퀘스트 수행하다가 숨겨진 힘을 얻었다고 합니다. 몬스터가 너무 강해서 많이는 못 죽였다고 하던데, 그 탓에 보상도 조금 퀄리티가 떨어졌다고 하더군요. 그럼에도 불구하고……! 스샷이나 영상 보신 분들은 알겠지만 어마어마했죠? 밝혀진 건 한 팀이지만 밝혀지지 않은 누군가가 이미 숨겨진 힘을 찾았을지도 모르는 상황이니만큼. 앞으로의 이야기가 궁금해지네요! 크, 아무튼 진짜 부럽습니다! 나도 숨겨진 힘, 하나만 줘……!]

ㄴ최상위 랭커나 가능할 듯.

ㄴ어이, 네바윙 길드면 최상위 랭커잖아요? 거기서 몬스터가 어려워서 보상 퀄리티가 떨어졌다고요? 그럼 누가 찾을 수 있는 거임? 다크 유저는 혼자 움직이는 걸로 알고, 무혁님도 소수로 움직이잖아요. 결국 길드발로 내세우는 게 최고인가……!

ㄴ꼭 그런 건 아니죠. 소규모로 움직이게 되면 던전만 봐도 알 수 있듯이, 해당 인원에 맞춰서 난이도가 정해지니까요.

ㄴ그래도 대규모가 낫죠.

ㄴ소규모가 좋을 듯!

ㄴ님들, 그렇게 따질 필요가 없음.

ㄴ왜죠!

ㄴ그래 봐야 우린 못 찾으니까요…….

ㄴ아, 슬프다……ㅠㅠ

이제 이것을 계기로 다수의 유저가 힘을 찾기 위한 여정에 돌입하리라.

더 서둘러야겠어.

급히 일루전에 접속한 후 저 멀리 보이는 스톤 몬스터를 사냥했다. 공격에 모든 것을 퍼붓는 녀석들이기에 위험은 있지만 그로 인한 이득도 있었다.

신관이 없다는 점.

콰아아앙!

놈들을 처리한 후 다시 걸음을 옮기고.

"저기……!"

드디어 마지막 장소라 여겨지는 넓은 홀에 도착했다. 어김없이 석상이 있었다. 이번에는 여인이 아닌 사내였다.

원통한 표정의 그를 바라본다.

"패턴이 똑같은 거 같지?"

"아무래도. 석상까지 있으니까."

석상을 만지면 깨어나리라.

모두들 손을 뻗었다. 차가운 감촉이 손가락을 타고 오르는 순간 석상의 표면이 갈라지기 시작했다.

[석상이 반응합니다.]

[지금까지 쌓아온 결과물을 확인합니다.]

[타오르는 진흙 전사 : 1,912마리]

[타오르는 진흙 궁수…….]

내부에서 시작된 은은한 빛이 갈라진 표면의 실선을 따라 서서히 퍼져 나갔다. 은은하게 감싸 안는 포근한 느낌에 절로 마음이 차분해졌다.

[염화의 저주가 약해집니다.]

[석상을 억압하던 기운이 상당 부분 해소됩니다.]

[퀘스트 '영원히 타오르는 지저 세계 정화'가 완료됩니다.]

[석상의 봉인이 풀립니다.]

역시 알베타르 신전을 클리어했을 때와 비슷했다.

쉽겠는데?

그 순간 석상이었던 자가 몸을 움직였다.

"오, 오오! 봉인이 풀렸구나, 드디어……!"

뒤이어 뿜어지는 광소.

"크하하하하하!"

그의 모습에서 정신이 번쩍 들었다.

맞아, 성녀가 아니지.

과정이 흡사하다고 결과마저 비슷할 순 없었다. 눈앞에 있는 자에게 도움을 준 것은 분명했지만 그는 성녀와는 분명하게 다른 존재다. 그녀처럼 스스로를 희생하는 스타일이 애초에 아닌 것 같았다. 그렇기에 긴장해야만 했다.

"음? 자네들은 뭐지?"

"에……?"

"왜 이곳에 있나?"

그 물음에 순간 생각이 날아갔다.

미친, 뭐라고?

무혁이 미간을 찌푸리며 나섰다.

"크흠, 정말 몰라서 물으시는 건가요?"

"아아, 장난이네. 설마 모르겠나? 당연히 염화의 저주를 풀어준 이들이겠지."

"……."

"좋아, 보상은 해야지. 자, 증거를 가지고 오게."

"예?"

"저주를 풀어줬다고 추측은 되지만 증거가 없잖은가. 그러니 내 눈앞에 증거를 가지고 오라는 소리야. 그래야 내가 판단을 해서 보상을 줄 게 아닌가."

"없다면요?"

"어허, 세상은 증거로 돌아가는 법!"

"아니, 다 죽여 버렸는데 증거를 어떻게 가지고 옵니까?"

"그럼 죽였다는 증거를 갖고 오게."

"미친……."

"엥? 자네, 뭐라고 했나?"

"됐습니다."

"허허, 오랜만에 보는 인간들이 이런 녀석들이라니. 증거가 없으면 나도 딱히 해줄 게 없으니 그렇게 알게나."

그에 성민우와 예린, 김지연이 다가왔다.

"오빠, 어떡하지?"

"와, 저 석상. 진짜 답이 없는데?"

"정말루요……."

"오, 지연이도 인정?"

"네……!"

무혁은 그 와중에도 생각했다.

증거라, 증거. 도대체 뭘 어떻게 해야 녀석들을 없앴다는 증거가 되는 걸까.

이미 죽어버려서 가지고 올 수 있는 것도 없었기에 더 난감했다.

"어? 잠깐만."

스윽.

인벤토리에서 아이템을 꺼냈다.

"이거, 증거 맞지?"

"어? 그러네!"

절로 웃음이 지어졌다.

"거기, 석상이었던 분."

"음? 나는 지저 세계의 지도자, 우피르일세!"

"아, 네. 우리프 님."

"우피르라고 말했네만! 크흠, 아무튼 뭔가."

"여기, 증거입니다."

무혁이 들어 올린 것은 바로 문양이었다.

"오호, 문양이로군."

"네."

"이런 증거가 있는데 왜 그렇게 소란을 떤 건가? 역시 사람은 말이야. 증거가 있어야 해, 증거가. 모든 것은 증거 위주라고. 알겠나?"

굳이 대답할 가치를 느끼지 못했다.

"아무튼, 갖고 오게나."

"여기요."

"수량이 꽤 되는군."

우피르는 문양을 헤아렸고.

[추가적으로 문양이 결과물로 인정됩니다.]
[진흙의 문양 : 1,121개]
[모래의 문양 : 377개]
[바위의 문양 : 148개]

떠오른 홀로그램을 보고 있는데 우피르가 말을 이어갔다.
"그대들이 도와준 덕에 지저 세계가 다시 힘을 찾았군. 미약하지만 나의 힘도 돌아왔고, 게다가 이렇게 증거까지 완벽하니 그대들에게 보상을 주지 않을 수가 없게 되었어. 특별히 내가 지닌 힘을 나누어줄 것이니 부디 좋은 곳에 쓰길 바라겠네."
"감사합니다, 우리프 님."
"우피르라고 했네만……!"
"아, 예. 우피르 님."
"크흠, 아무튼 이리로 오게나."
그에게 다가갔다.
스윽.
그가 뻗은 손에서 따뜻한 기운이 튀어나와 네 사람을 포근히 안았다.

[지저 세계의 기운이 캐릭터 시스템을 분석합니다.]
[우피르의 힘이 시스템에 깃듭니다.]

[땅의 기운이 언제나 그대들과 함께할 것입니다.]
[스킬 '지속되는 힘'을 습득합니다.]
[추가적으로 획득한 점수가 스킬에 깃듭니다.]
[스킬 '지속되는 힘'이 '속성 타격'으로 변환됩니다.]

우피르가 희미하게 웃었다.
"자, 끝이네. 이만 가보도록!"
"어, 저기……."
"또 뭔가? 보상까지 줬건만!"
"혹시 천마전쟁에서 피해를 입은 또 다른 지역을 아는가 싶어서요."
"알지. 알고말고."
"혹시 어디인지 알 수 있을까요?"
우피르가 무혁을 빤히 바라봤다.
"흐음, 그래. 이렇게 도와줬으니 알려주는 게 마땅하겠지. 좋아, 알려주겠네. 남쪽으로 가보게. 내려가고 또 내려가다 보면 특이한 섬 하나를 찾을 수 있을 테니까."
"감사합니다."
"인사는 무슨, 이만 가보게."
"예."
네 사람은 뒤쪽, 차원의 문을 통해 바깥세상으로 나갔다.
후우웅.
시원한 바람이 그들을 맞이해 줬다.

먼저 스킬을 확인했다.

[속성 타격 1+2Lv(0%)]

지저 세계, 그 근원이 되는 땅의 힘을 속성으로 변환하여 추가적인 대미지를 입힌다. 추가 대미지는 방어력을 무시하며 사용자 본인과 사용자가 소환하는 모든 소환수에게도 동일하게 적용된다.

대미지 : 소환된 소환수 1마리당 0.06%

무혁의 눈동자가 파르르 떨렸다. 속성 추가 대미지. 게다가 무려 패시브였다. MP 소모도 0.

대미지 계수도 놀라웠다. 100마리에 6퍼센트. 무혁은 200마리 이상을 소환할 수 있으니 최소 12퍼센트가 넘는 추가 대미지를 얻게 되는 것이다. 그것도 방어력을 무시하는 대미지로 말이다. 가장 중요한 것은 이 모든 것들이 소환수 각각에게 적용이 된다는 부분이었다.

숨이 막혀올 지경이야.

그 정도로 뛰어난 스킬을 얻은 것이다.

"후아."

겨우 숨을 돌린 무혁이 고개를 돌렸다.

"보상으로 뭐 얻었어, 다들?"

"어? 아, 그러니까……."

"어어, 나는 속성 타격이라는데?"

"음?"

"엥? 나도 속성 타격인데."

"저, 저두요."

보아하니 네 사람 전부 속성 타격을 획득한 모양이었다. 다만, 상세한 내용은 전부 달랐다. 성민우는 한 마리당 1.5퍼센트의 대미지가 추가되었고 예린은 한 마리당 0.4퍼센트가 추가되었다. 각자의 수치 차이가 상당했지만 막상 계산하고 보니 15퍼센트 조금 넘어가는 수준임을 확인할 수 있었다. 지금 당장은 무혁이 가장 낮은 수치였지만 나중이 되면 오히려 성민우와 예린을 뛰어넘을 것이 분명했다.

"비슷하네?"

"그러게."

그러나 한 사람, 김지연은 스킬의 이름만 같을 뿐 내용은 그들과도 달랐다. 치유나 버프 계열에 땅속성이 15퍼센트 추가되는 스킬이었다. 본래 100의 치유량을 지니고 있다면 15에 해당하는 땅속성이 추가되어 115만큼 치유되는 것이다. 이것 역시 사제에게 있어서는 더할 나위 없는 최고의 스킬이었다.

"크, 역시 숨겨진 힘!"

"고생한 가치가 있네요……!"

"그치, 언니?"

"으응!"

그렇기에 멈출 수가 없었다.

"그럼 가자고."

"오케이!"

숨겨진 힘을 찾아내기 위한 지금의 이 여정을 말이다.

지도상에 나타난 남쪽의 끝에 도착했다.

"더 가야겠지?"

"당연하지."

한참을 더 내려가자 바다가 보였다.

"섬이라고 했으니까……."

"슬슬 보이겠네."

그 섬을 찾기 위해 돌아다니던 중.

"어? 저기 아냐?"

"어디?"

성민우가 가리킨 곳으로 고개를 돌렸다. 바다 위를 떠다니는 자그마한 규모의 섬 하나가 보였다. 문제는 그곳으로 나아가고 있는 여러 척의 배였다. 멀리서 봐도 그들의 갑옷 뒤에 새겨진 문양이 보일 정도라 유저임을 확신할 수 있었다.

"이런……?"

"우리가 늦은 거지?"

끼어드는 순간 쟁탈전이 된다. 내부에서 PK가 일어날 가능성도 농후했고.

하지만 포기하자니 아까웠다.

"이렇게 하자."

곰곰이 생각하던 무혁이 말을 꺼냈다.

"어떻게?"

다들 호기심을 가지고 쳐다본다.

"들키지만 않으면 되는 거잖아?"

"으음?"

"방식이 비슷하다면 어차피 누가 몇 마리를 죽였느냐는 중요한 게 아니니까. 안 그래?"

"그렇지."

"그냥 숨어 있다가 마지막 보상만 받으면 될 거 같은데? 정 불안하면 다람쥐나 스컬 스네이크처럼 숨기 좋은 녀석들 몇 마리 보내서 몬스터 사냥에 도움도 좀 주면 되고."

"좋기는 한데, 그게 말처럼 쉬우려나?"

"쉽진 않겠지."

"그래도 난 괜찮다고 생각해, 오빠."

"그래?"

"응, 들키면 몰랐다고 그러고 나가면 되잖아."

"그래, 기껏해야 죽는 거지."

"맞아. 24시간 페널티 정도는 감수할 가치가 있다구."

예린이 적극적으로 나서자 조금 고민하던 성민우와 김지연도 고개를 끄덕였다.

"좋아요, 저도."

"나도, 오케이."

"그러면 이제 입장하는 것 같으니까 근처에서 충분히 쉬었다가 들어가자고. 들어가서 어떤 방식으로 숨을지, 또 도울지 말지도 정하고."

"좋지."

군마를 타고 3시간 거리에 위치한 마을로 향했다. 네 사람은 충분히 쉬면서 세세한 계획을 세웠다. 그러다 지루해지면 스킬의 레벨을 올리거나 근처에 나가 적당한 레벨의 몬스터를 사냥했다.

"이제 슬슬 가볼까?"

"좋지."

1주일가량이 흘렀을 즈음.

"부탁 좀 드릴게요."

"돈만 많이 준다면야……."

"드려야죠, 물론."

배를 모는 NPC에게 부탁해 표류하는 섬으로 향했다. 섬에 도착하자마자 스컬 스네이크를 뿌려 입구를 찾아냈다.

"저기야."

그곳으로 들어서는 순간.

[저주받은 장인의 섬에 입장하셨습니다.]

[현재까지 입장한 인원 : 297명]

[3명이 더 들어올 경우 인원 제한 시스템이 발동하게 되며 내부에 위치한 모든 유저에게 전해집니다.]

[강제 퀘스트 '장인의 섬 정화' 발동!]

떠오른 홀로그램에 안도했다.

"인원 제한이 있었구만."

"와, 3명……!"

"근데 이거 앞서간 유저한테 뜨진 않겠지?"

"인원 제한 시스템이 떠야 전해진다고 나왔으니까 지금은 괜찮을 거야."

"후, 다행이네."

이건 운이 좋았다고밖에 설명할 길이 없었다.

놀라움은 잠시.

"자, 아무튼 시작하자고."

남의 떡 같이 먹기 작전이 실행되었다.

장인의 섬, 마지막 단계 몬스터를 사냥하고 있는 유저들.

"1조, 왼쪽으로!"

"1조, 빠져!"

"빠져!"

"4조, 더 깊이 들어가라고!"

"4조, 안으로!"
"안으로!"
생각보다 일사불란한 움직임으로 몬스터를 압박했다. 시간은 꽤 걸렸지만 안정적으로 놈들을 처리해 냈다.
"10분간 휴식."
"휴식!"
길드 랭커 3위에 해당하는 피닉스.
그들은 확실히 저력이 있었다.
"휴식 끝이다. 다시 출발!"
"출발!"
앞으로 조금 나아가니 수백 마리가 넘어가는 몬스터 무리가 등장했다. 그러나 피닉스 길드는 조금도 당황하지 않고서 차분하게 놈들을 상대했다.
스스슥.
그 순간, 몇 마리의 벌레와 자그마한 생명체가 천장과 벽의 측면을 돌아다녔다. 무혁이 소환한 스컬 스네이크와 예린의 강화 다람쥐였다. 녀석들은 슬그머니 움직이더니 조금씩이지만 몬스터에게 대미지를 주곤 감쪽같이 사라졌다.
"밀어붙여라!"
"우오오오!"
그 사실을, 피닉스 길드는 조금도 눈치채지 못했다.
무혁의 입가로 미소가 그려진다.
"대미지 입혔어."

"오빠, 나두!"
"역소환은 시켰지?"
"응!"
"어렵진 않고?"
"전혀. 오히려 재밌는걸?"
"다행이네."

무혁은 웃으며 다시 스컬 스네이크를 몇 마리 보냈다. 몬스터를 공격하던 녀석들과는 달리 앞서 나간 유저들의 동향을 살피기 위함이었다.

흐음, 별 이상은 없고.

무혁을 포함한 네 사람은 얼떨결에 강제로 노가다에 임하게 되었다. 성민우는 그동안 집중하지 못했던 제작에 열중하는 한편, 시간이 나면 무혁이나 예린과 대련을 했다. 대련에서 HP가 줄어들면 김지연이 치유를 해주면서 스킬의 레벨을 높여 나갔다.

무혁은 대부분의 시간을 제작이나 강화, 그리고 요리에 투자했다. 고강화는 재료가 너무 비싼 편이라 어려웠고 무난하게 5강까지만 강화한 후에 경매장에 올렸다.

[아이템 '날카롭고 가벼운 장검+5'이 판매되었습니다.]

아이템이 판매되면 그 돈으로 다시 강화 재료나 필요한 물건을 구입했다. 물론 그게 전부는 아니었다. 꾸준히 소환수를 불러내어 경험치도 쌓았고 시간이 될 때마다 마계로 보내어 경험치를 획득하도록 했다.

[소환수 경험치 획득합니다.]

그 경험치의 대부분을 기마궁수에게 투자했다. 지금은 가장 약하기에 녀석들부터 집중적으로 키울 심산이었다.

"다시 움직인다."

"그래?"

"어, 잠깐만……!"

피닉스 길드의 일부가 뒤로 빠졌다.

"후미도 살피려는 모양인데?"

"어? 정말?"

"응, 뒤로 빠져야겠다."

스컬 스네이크를 통해 공유한 시야로 상황을 파악하고 거기에 맞춰 대응했다.

"여기 숨기 괜찮지 않냐?"

"좋네."

입구로 가던 중, 괜찮은 장소가 있어 거기에 몸을 숨겼다.

저벅.

얼마 지나지 않아 피닉스 길드원이 자나갔다. 입구까지 확인을 마친 그가 다시 돌아가고서야 몸을 숨긴 장소에서 빠져나왔다.

"이제 괜찮겠지?"

"일단은."

휴식을 취하며 음식을 준비하는 피닉스 길드를 확인하고서야 마음을 조금 놓았다.

"스켈레톤 소환."

소환수를 전부 불러낸 후 마계로 보냈다.

그로부터 얼마 뒤.

[소환수가 북쪽 F12 구역의 하타와 마을에 들어섰습니다.]

[시작 구역을 F12 구역의 하타와로 변경할 수 있습니다.]

[변경하시겠습니까?]

[Yes/No]

구역 변경 메시지가 떠올랐다.

흐음?

무혁은 잠깐 고민하다가 예스를 택했다.

중급 마족 코르크와 보쿠마.

"후아, 후아……."

"허억……!"

두 마족이 호흡을 거칠게 뱉어냈다.

"진짜 미친 녀석들……!"

정말 이상한 놈들이었다. 죽였는데 다시 나타났다.

"그 스켈레톤은 그대로야, 그치?"

"맞아."

"근데 대신 이상한 놈들이 추가됐어. 그 녀석들, 생각 이상으로 끈질기고 강하다고!"

"아니, 마물이 맞기는 한 거야?"

"마물이 아니면?"

"나도 모르지. 근데 죽여도 살아나는 게 말이 된다고 보냐?"

"그건……."

"후, 모르겠다, 나도."

벌써 놈들과 다섯 번이나 싸웠다.

이젠 둘도 지쳐 버린 상황. 또다시 나타난다면 도망치고 싶은 마음이 들 것 같았다.

"제발 나타나지 마라, 좀."

"마을까지만 가자."

당연하게도 그들은 몰랐다. 지금 향하는 곳이 스켈레톤이 나타나는 지점, F12 구역의 커시우 마을이라는 사실을.

"하, 빌어먹을."

그렇기에 운명처럼 또다시 녀석들을 발견하고야 만다. 이미 극한까지 지쳐 있던 코르크가 바닥에 드러누워 버렸다.

"모르겠다, 차라리 죽여라!"

"코르크, 위험해."

"몰라, 아, 몰라!"

보쿠마가 미간을 찌푸리며 코르크의 팔을 질질 끌었다.

"이, 미친놈아! 당장 안 일어나!"

"아, 그냥 죽여. 지쳤다고, 이제 힘도 없어."

"또라이 같은 새끼……!"

당연히 속도가 느려질 수밖에 없었고 그사이에 도착한 강화 아머기마병이 둘을 포위했다. 보쿠마가 급히 전투를 준비했는데 이상하게도 녀석들은 주위를 돌기만 할 뿐, 공격을 가해오지 않았다.

"이 녀석들, 왜 이래?"

"글쎄……?"

"뭐지?"

그때 아머나이트1이 앞으로 나섰다.

스릉.

검을 뽑더니 바닥에 찍었다. 그러곤 글을 썼다.

왜, 덤비지, 않나?

그에 코르크가 화들짝 놀라더니 몸을 일으켜 세웠다.

"이거 봐, 마물이 아니라니까?"

"으음."

"글 쓰는 마물, 들어본 적 있어?"

"없지."

"살아나는 마물, 들어본 적 있어?"

"없지……."

"그럼 결론은 마물이 아니라는 거지."
"그럼 도대체 뭐지? 아니, 너희들은 뭐야?"
다시 글을 쓰는 아머나이트1.

우리는, 그저, 우리다.

"아, 그러서? 그렇다고 치고. 왜 공격을 안 하는 건데?"

먼저, 공격하지 않는다면, 우리도, 공격하지 않는다.

"마물도?"

녀석들은, 반드시, 우리를, 먼저, 공격한다. 또한, 우리는 싸워서, 더 강해져야만 한다. 그렇다고 우리를, 위협하지 않는, 이들마저, 공격하진 않는다.

"호오, 그렇군. 좋아, 우리는 너희를 공격하지 않아."
그렇다면, 우리도, 공격하지, 않는다.
"좋아, 좋아. 그럼 우리 친구나 할까?"

친구……?

"그래, 친구. 좋잖아."

생각해, 보겠다.

"아이고, 튕기는 거야? 알겠다고. 일단 우린 마을에 가야 하니까, 이만. 안녕!"

잘, 가라.

그렇게 얼떨결에 헤어지게 된 그들.
"후, 진짜 십년감수했다고."
"뭐, 어때. 잘 넘어갔잖아."
"그런데, 신기하긴 하군. 스켈레톤인데 글을 쓰다니."
"그러게."
"게다가, 죽어도 다시 살아나는 것도."
순간 코르크의 눈동자가 반짝였다.
"어? 생각해 보니까 말이야."
"또, 뭐?"
"저 녀석들하고 중간 지역에 같이 가면 어떻게 되려나?"
"뭐……?"
"재밌지 않겠어?"
보쿠마도 아니라고는 대답하지 않았다.
무법지대인 중간 지역. 그곳에 죽어도 죽지 않는 존재가 나타난다면?

"어때? 재밌겠지?"
"뭐, 조금은."
"그럼 따라가서 같이 가자고 해볼까?"
"늦었어. 이미 보이지도 않는다고."
"이런……."
"일단 마을에나 가자. 피곤하니까."
"별수 없지, 쩝."
둘은 피곤한 몸을 끌고 저 멀리 위치한 커시우 마을로 향했다. 도착하자마자 마을 주민들의 환대를 받았다.
"어, 어서 오십시오."
"일단 따뜻한 물에 좀 씻고 싶은데."
"준비하겠습니다."
"고마워."
"별말씀을……."
이후 준비된 물에 몸을 씻고 1층 식당에서 허기를 달랬다.
"후, 좀 살겠네."
"힘들었어……."
"웃기고 이상한 놈들 때문이지, 뭐."
스켈레톤을 생각하고 있을 무렵.
"오, 자네들 또 왔군! 이보게들, 친구들이 왔어!"
"아, 올 때마다 뭐 그리 소란스럽나?"
"재밌지 않은가!"
"매일같이 보는 사이에 무슨……."

밖에 꽤 소란스러워졌다.
"뭐야, 무슨 일이야?"
코르크의 질문에 식당 주인이 대답했다.
"손님이 온 모양입니다."
"손님?"
"예, 갑자기 나타나는 신기한 친구들인데, 그것이……."
"왜? 뭔데?"
"생긴 것이 조금, 그렇습니다."
"어떻기에?"
"마물은 아닌데, 전신이 뼈로 이뤄진 존재들입니다."
"뭐……?"
코르크와 보쿠마가 서로를 쳐다봤다.
"설마……?"
"일단 가보자고."
"아아, 그래."
밖으로 나온 둘은 마을을 떠나려는 스켈레톤 무리를 발견할 수 있었다.
"진짜잖아?"
코르크가 급히 달려갔다.
"잠깐, 잠깐만!"
그에 아머나이트1이 검으로 바닥을 찍었다.

뭐지?

“여기서 또 보네. 나 알지?”

안다.

“아, 역시. 아까 그 친구들 맞지?”

그렇다.

“와, 신기한데? 크흠, 아무튼 말이야. 할 말이 있어서 그래. 너희한테도 아주 이득이 클 거라고 보는데…….”

이득? 우리가, 원하는 건, 오직 강해지는 것.

“싸워서 강해진다고 했었지? 정확히 무슨 의미야?”

싸우면, 강해진다, 우리는.

“뭐, 그건 우리랑 비슷하네. 그럼 더더욱 너희한테도 이득일 거야. 중간 지역을 알아?”

모른다.

"거긴 싸움이 끊이지 않는 장소거든. 정말 쉴 새 없이 전투를 치를 수 있다고! 그것도 엄청나게 강한 녀석들하고 말이야. 어때, 구미가 좀 당기지 않아?"

강화 아머나이트1이 고개를 돌렸다.

-들었겠지?

-그렇다.

-어떻게 생각하나?

-나쁘진 않다.

-강한 녀석들만 있다면 나는 좋다.

-더 강한 놈들이 필요하다.

-강해지고 싶다.

그에 아머나이트1이 검으로 글을 작성했다.

정말로, 강한가?

"당연하지. 우리랑 싸워봤잖아? 우리와 비등한 녀석들이 사방에 널렸고 더 강한 놈도 많다고. 어때? 장난 아니지? 그러니까 우리랑 가자고, 어때?"

좋다. 그전에. 너희가, 얻는, 이득은?

"뭐?"

미처 생각지 못한 질문에 코르크가 미간을 찌푸렸다.

"우리?"

지켜만 보던 보쿠마가 나섰다.

"너희와 비슷하다. 압도적인 힘. 그리고 우리를 따를 수하들을 얻는 것."

그렇다면, 동맹인가?

"맞아, 동맹. 배신하지 않을 동맹이지, 어때? 아, 배신은 걱정 마. 죽어도 죽지 않는 너희를 적으로 돌리고 싶은 생각은 조금도 없으니까."

좋다, 믿어보겠다.

그렇게 중급 마족 둘과 스켈레톤의 예상치 못한 동맹이 이뤄졌다.

"그럼 먼저 하타와 마을로 가자고."

그들의 여정은 순탄치 못했다.

"아니, 시바아아알!"

"또 죽었어, 젠장할!"

"하, 정말 미치겠군."

"또 커시우 마을로 가야 되는 거야?"

"돌겠네. 왜 죽으면 거기서만 살아나냐고!"

"후우, 그냥 버려야 하나?"

보쿠마의 말에 코르크가 고개를 저었다.

"조금만 참자고. 커시우 마을에 들어섰을 때 살아나는 지점이 바뀌었다고 했잖아. 그러니까 다음 마을까지만 데려가서 결정하자고. 솔직히 그 녀석들이 있어야 우리도 무법지대에서 뭐라도 할 수 있지 않겠어?"

"그건 그렇지."

"좀 힘들긴 하지만 말이야. 그 스켈레톤들. 놀랍지 않아?"

"아아, 성장 속도?"

"어. 정말 빠르던데……."

"그건 인정한다."

"그래서 더 함께해야 한다니까. 힘내자고."

"후, 그래. 빌어먹을……."

얼마나 기다렸을까.

후우웅.

바람과 함께 스켈레톤 무리가 나타났다.

미안, 하다.

"됐고. 가기나 하자고."

다시금 출발하는 그들.

"이번엔 제발, 절반까지만……!"

"부탁이다."

중간 지역으로 향하기 위해서는 하타와 마을로 나아가야만 했으나, 빌어먹게도 그 길에 놓인 1급 마수들이 자꾸만 발목을 잡았다. 중급 마족인 그들이야 어렵지 않게 피할 수 있다지만 스켈레톤은 달랐다.

마수들 중에서 가장 빠르다고 소문이 난 1급 마수 토이타에게 여지없이 붙잡히곤 했으니까.

아예 마음을 먹고 전투도 해봤지만 숫자가 너무 많아서 몇 번의 전투를 끝내고 나면 스켈레톤은 거짓말처럼 증발해 버리곤 했다.

결국 택한 방법은 무한 반복.

1급 마수 토이타가 번식하는 속도보다 더 빠르게 놈들을 죽여 나가는 것이었다. 느리겠지만 천천히, 한 걸음씩은 나아갈 수 있으리라.

"후, 이번에도 우리가 앞장선다."

다시 처절한 전투가 이어지고.

"죽어, 죽으라고!"

1급 마수, 토이타를 삭제시킨다.

"야, 스켈레톤 다 죽었어."

"나 혼자 토이타 상대하고 있을 테니까 네가 데려와라."

"오, 좋은데?"

이젠 아예 한 명은 남고 한 명은 스켈레톤을 데려왔다. 그리고 다시 싸웠다. 조금씩 강해지는 스켈레톤으로 인해 토이타를 사냥하는 속도가 점차 빨라졌고 생존력 역시 처음과 비교되지 않을 정도로 늘어났다.

덕분에 오늘.

"으아아아, 저기 보인다. 보인다고!"

드디어 하타와 마을에 도착하게 된 스켈레톤과 두 명의 중급 마족이었다. 생각보다 지루한 시간이 흘러간다.

[소환수가 북쪽 F13 구역의 쿠바 마을에 들어섰습니다.]

[시작 구역을 F13 구역의 쿠바로 변경할 수 있습니다.]

[변경하시겠습니까?]

[Yes/No]

그사이 마계로 보낸 스켈레톤에게 총 세 번의 마을 변경이 일어났다. 벌써 F13 구역.

이것들, 도대체 뭘 하는 거야?

궁금증이 나날이 커져가는 순간에도 시간은 멈추지 않았고, 드디어 오늘. 스컬 스네이크의 시야를 통해 피닉스 길드가 드디어 마지막 홀에 도착했음을 발견했다.

"어? 석상이다."

"지, 진짜?"

"어."

"하, 드디어 끝나는 건가?"
"지루하긴 했어. 그치?"
"엄청 지루했지."
"1주일 넘게 시간만 때웠으니까."
이제 그 인내의 보상을 받을 차례였다.
"석상 건드렸어."
"제발, 떠라."
다행스럽게도 메시지가 떠올랐다.

[석상이 반응합니다.]
[지금까지 쌓아온 결과물을 확인합니다.]
[저주받은……]
[저주가 약해집니다.]
[석상을 억압하던 기운이 상당 부분 해소됩니다.]
[퀘스트 '장인의 섬 정화'가 완료됩니다.]
[석상의 봉인이 풀립니다.]

모두들 안도의 표정을 지었다.
"아아, 다행이다."
"진짜로."
"혹시라도 클리어 안 되면 어쩌나 싶었는데."
"오빠, 그보다 이제 뭐 하고 있어?"
무혁은 시야로 보이는 상황을 설명해 줬다.

"석상이 조금 나이가 있는 사람인데, 길드장이랑 대화하고 있어. 고맙다고 인사하고. 아, 지금 보상 주려는 모양인데?"

"크, 이번엔 뭘 얻으려나."

기대감이 피어오르는 순간.

[장인의 기운이 캐릭터 시스템을 분석합니다.]

[도르트의 힘이 시스템에 깃듭니다.]

[장인의 기운이 언제나 그대들과 함께할 것입니다.]

[스킬 '장인의 영혼'을 습득합니다.]

[스킬 '강화'와 이해관계가 얽혀 하나가 됩니다.]

[스킬 '강화'가 '장인의 강화'로 진화합니다.]

장인의 강화. 무혁이 얻게 된 새로운 힘이었다.

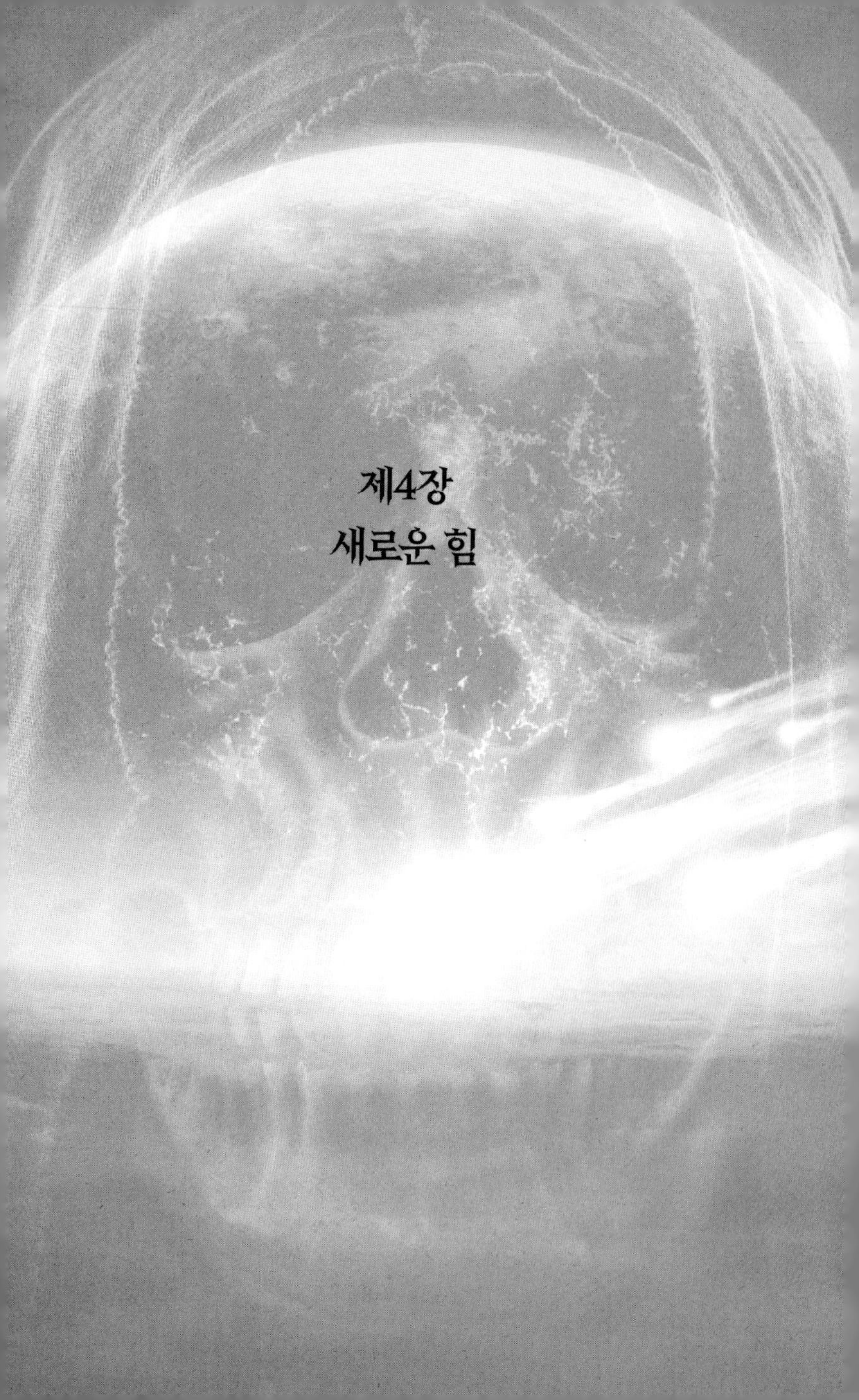

제4장
새로운 힘

이번에는 각자 다른 스킬을 획득했다.

"저는 버프 스킬이에요……!"

"오, 버프!"

"나는 공격 스킬!"

"오빠는?"

"어, 나는 강화 스킬인데……."

"에? 강화?"

"응, 강화 스킬이 진화를 해서 장인의 강화가 되어버렸는데?"

무혁의 표정은 만족감, 그 자체였다.

그에 호기심이 생긴 예린.

"어떤 식이야, 오빠?"

"아이템에 보면 추가로 옵션이 붙어 있잖아."

"힘이나 민첩, 뭐 그런 거?"

"응, 그 옵션을 더 높이거나 아니면 아예 새롭게 추가시키나 할 수 있더라고."

"허업……!"

"와, 대박이다!"

설명만 들어도 이건 정말 대단한 스킬이었다.

직접 보게 된다면?

아마도 소름이 돋을지도 몰랐다.

나가면 해봐야겠어.

무혁은 스컬 스네이크의 시야를 통해 피닉스 길드를 살폈다. 그들은 조금 더 도르트와 대화를 나눈 후에 뒤쪽에 위치한 차원의 문으로 나갔다.

"전부 나갔네. 우리도 가자."

"오케이!"

"오빠, 근데 어디로 갔는지는 모르지?"

"응, 대화는 안 들리니까."

"으음……."

"혹시 모르니까 가면 내가 얘기는 좀 해볼게."

"알겠어."

머지않아 봉인이 해제된 석상, 도르트를 발견할 수 있었다. 도르트 역시 무혁과 일행을 발견한 모양이었다.

"으흠? 자네들은?"

"저희는 일행을 도와주다가 이제야 도착했습니다."

"그런가?"

"네."

도르트의 눈매가 잠깐 좁혀지더니.

"그렇군. 조금이긴 하지만 분명 도움을 줬군."

"물론입니다."

순간 심장이 철렁했지만 태연한 연기를 이어갔다.

"동료는 먼저 나갔다네."

"이런, 그런가요?"

"어서 따라가게나."

"그래야죠. 감사합니다. 그런데, 동료들이 어느 방향으로 갔는지 알 수 있을까요? 왠지 먼저 출발해 버렸을 것 같아서요."

"그들은 그라칸 대륙으로 갔다네."

"예……? 그라칸 대륙이요?"

"이곳, 카이온 대륙에서는 더 이상 얻을 게 없을 것이야. 그러니 그라칸 대륙의 최남단에 위치한 얼어버린 산맥의 정상으로 가보게나."

아무래도 카이온 대륙의 숨겨진 힘이 모두 개방된 모양이었다. 아니, 그걸 떠나서 정말 운이 좋게도 위치를 들을 수 있었다.

"아……!"

사실 크게 기대하지 않은 부분이었던지라 성취감이나 흥분이 더욱 높았다.

"어서 서두르게."

"감사합니다."

무혁은 속으로 환호를 내지르며 동료와 함께 급히 차원의 문으로 향했다. 그곳을 통해 바깥으로 나오자마자 넷은 서로를 쳐다봤다.

"우오오오오!"

"대에에박!"

"오빠, 완전 최고야!"

"대, 대단했어요."

참고 있던 기쁨을 마음껏 터뜨렸다.

"어? 저기, 맞지?"

"맞네."

"좀 찔린다, 오빠."

"저두……."

"괜찮아, 괜찮아."

무혁과 그 일행들은 앞서 나아가는 피닉스 길드를 발견했다. 양심의 가책을 뒤로한 채 속도를 높여 그들을 따라잡았다.

"음?"

선두에 있던 피닉스 길드장이 무혁을 알아본 모양이었다.

"오, 무혁 님 아니십니까?"

"아, 네."

"이렇게 뵙네요. 저는 피닉스 길드장을 맡고 있는 상남자입니다. 캐릭터 아이디가 상남자니 오해는 하지 마시구요."

미소를 짓는 그에게 무혁도 웃음으로 답했다.
뭐, 고맙긴 하니까.
"피닉스 길드면 유명한 곳이잖아요. 반갑네요."
"하하, 뭘요. 그런데 어디 바쁘게 가시나 봅니다."
"아, 네. 그라칸 대륙으로 가고 있어요."
"오호? 그라칸 대륙이요?"
"네."
"저희도 그곳으로 가는 길인데……."
고민하던 상남자가 말을 이어갔다.
"아무튼 이렇게 뵌 것도 인연인데 친구 추가라도 할 수 있을까요?"
"그러면 저야 좋죠."
먼저 상남자가 친구 신청을 해왔다.

[유저 '상남자'가 친구 신청을 했습니다.]
[받아들이시겠습니까?]

[상남자 : 정말 죄송합니다. 너무 궁금해서요.]
[무혁 : 네, 어떤……?]
[상남자 : 크흠, 혹시…… 숨겨진 힘을 찾으러 가시는 건가요?]

이 정도는 알려줘도 될 것 같았다.

[무혁 : 맞습니다. 카이온 대륙에는 더 이상 없는 것 같아서요.]

순간 상남자의 표정이 굳어졌다.

[상남자 : 서, 설마 여러 개를 찾으신 건가요?]
[무혁 : 그건 비밀입니다.ㅎㅎ]

그것으로 채팅을 종료했다.
"으음."
상남자는 고민하다가 무혁에게 제안했다.
"실은 저희도 그라칸 대륙으로 가는 길입니다."
"그러셨군요."
"거기까지 동행하시겠습니까?"
"저희야 좋죠."
무혁은 순순히 응했다. 가는 길이 꽤나 험난할 테니 말이다.
잠시 후. 휴식을 취하는 틈을 타서 괜찮은 대검 한 자루를 구입했다.
공격력 250. 힘, 민첩, 체력이 5씩이 붙어 있었다.
장인의 강화.
스킬을 사용하자 붉은 점과 푸른 점이 나타났다.
오호, 점이 두 개라?
처음에는 붉은 점을 90퍼센트까지 채운 후 나머지를 푸른 점으로 채웠다. 그러자 공격력이 23만큼 상승했고 힘, 민첩, 체력은 변동이 없었다.

다시, 장인의 강화.

고민하다가 붉은 점을 50퍼센트. 나머지를 푸른 점으로 채웠다.

[카이안의 대검+2]

물리 공격력 250+36

힘 +5(+2)

민첩 +5(+2)

체력 +5(+2)

내구도 550/550

사용 제한 : 모든 스탯 130.

공격력은 조금 덜 올랐지만 스탯이 각각 2개씩 상승했다.

이거, 괜찮은데?

급히 계산해 본 결과 충분히 이득이란 결론이 내려졌다. 해서 이번에는 푸른 점을 80퍼센트까지 채우고 붉은 점으로 나머지 20퍼센트를 채웠다.

"호오."

스탯이 1개씩 증가했다. 공격력도 10이나 상승했고.

좋은데?

정말로 만족스러웠다.

캉, 까앙!

오랜만에 제대로 집중해서 강화를 이어갔고.

[강화에 성공하셨습니다.]

[강화에 성공…….]

연이어 6강까지 성공시켰다.

"후, 볼래?"

"끝났냐?"

"어, 여기."

확인하는 성민우의 눈이 커졌다.

[카이안의 대검+6]

물리 공격력 250+107

힘 +5(+11)

민첩 +5(+11)

체력 +5(+11)

내구도 550/550

사용 제한 : 모든 스탯 130.

스탯이 어마어마하게 올라 버렸다. 공격력도 낮지 않았고.

"미친. 뭐야, 이거?"

"괜찮지?"

"이건 괜찮은 정도가 아닌데……?"

"나도, 나도 볼래!"

곧바로 예린과 김지연도 대검의 옵션을 확인했다. 성민우와 마찬가지로 놀라움을 감추지 못했는데 그 반응에 호기심이 샘솟은 걸까. 피닉스 길드장이 조심스럽게 다가왔다.

"엄청 재밌어 보이시네요."

"아아, 네."

"저도 뭔지 알 수 있을까요? 보아하니 강화를 하신 것 같은데……."

무혁은 잠시 고민했다.

밝혀도 될까?

빠르게 판단을 내렸다.

아직은 아니야. 지금 당장은 판매할 생각도 없고.

"별거 아닙니다. 오랜만에 고강화에 성공해서요."

"아아, 그러시군요."

대충 인사를 하면서 대검을 인벤토리에 넣었다. 그러자 아쉽다는 표정의 상남자가 본래의 자리로 돌아갔다.

200레벨의 몬스터 무리를 사냥하면서 나아간 3일간의 여정. 그 끝에 드디어 그라칸 대륙으로 향하는 워프 게이트 앞에 당도했다. 피닉스 길드가 먼저 게이트를 이용했고 그 뒤를 무혁과 일행이 따랐다.

"고생하셨습니다."

"저희야 뭐, 도움만 받았죠."

"설마요. 무혁 님이랑 동료분들이 워낙 일당백이라서 저희야

말로 편했습니다. 아무튼 다음에 인연이 되면 또 뵙죠."

"그래요."

"그럼, 이만."

몸을 돌린 상남자가 길드원을 쳐다봤다.

"자, 우리는 정비부터 한다!"

"예!"

근처 여관으로 향하는 모습을 확인한 무혁과 일행은 조용히 최남단에 위치한 왕국으로 워프했다. 그곳에서 다시 가장 남쪽에 위치한 크라칸 마을로 워프한 후 간단하게 정비를 시작했다. 필요하다 싶은 걸 빠르게 구입한 후 군마를 타고서 아래로 내려갔다. 피닉스 길드의 목적지가 명백한 이상 먼저 선수를 치는 게 우선이었다.

"수가 워낙에 많으니까, 꽤 느릴 거라고."

"그렇긴 한데, 그 안에 클리어하는 게 가능하려나?"

"장소가 숨겨져 있는 거라면 가능할 수도 있고."

"으흠."

"공개된 장소면 힘들겠지."

"일단은 찾아야겠네?"

"어. 그래야 먼저 돌입하든, 아니면 아예 기다리든 결정을 할 테니까."

첫 번째 목표는 확인이었다.

6시간을 내달리던 무혁이 자리에 멈췄다.

"공복도도 낮아졌고 좀 쉬었다가 가자."

"으응!"

음식을 먹고 다시 출발.

4시간을 나아갔다. 그럼에도 목적지가 나타나지 않아서 결국 로그아웃을 하고 내일을 기약했다.

다음 날 아침부터 저녁까지 군마를 타고 이동하고서야 저 멀리 흐릿하게나마 산맥을 발견할 수 있었다. 그곳은 분명하게 얼어 있었다. 멀리서 봐도 산맥 전체가 새하얀 눈으로 뒤덮여 있음을 알 수 있을 정도였으니까.

"후, 찾았네."

"저기 정상이라 이거지?"

힘을 내어 거리를 좁힌다.

"으, 조금 추운데?"

충분히 가까워진 탓일까. 따뜻함이 사라지고 추위가 살을 파고들었다. 초입에 도착했을 무렵에는 상당한 한기에 몸이 으슬으슬 떨릴 지경이었다.

"마을에서 구입한 외투부터 걸치자."

"으응!"

모두들 인벤토리에서 가죽 외투를 꺼내어 입었다.

"오, 따뜻한데?"

"정말."

"생각보다 괜찮네."

여기에 정령 파이어까지 소환하니 추위가 완벽하게 물러갔다. 한결 편안한 표정으로 다시 걸음을 내디뎠다. 그로부터 얼마 지나지 않아, 드디어 얼어붙은 산맥의 몬스터가 모습을 드러내기 시작했다.

정상으로 향하는 길이 순탄치는 않을 듯싶었다.

이족 보행의 몬스터. 3미터의 키에 전신이 새하얀 털로 뒤덮인 야수였다.

크르르……!

무혁과 일행을 발견한 놈이 거리를 좁혀온다.

상당한 빠르기다.

"스켈레톤 소환."

급히 스켈레톤을 불러내어 놈의 돌진을 저지했다.

콰아앙!

제대로 진영을 짜지 못한 상태라 선두에 위치하고 있던 스켈레톤 몇 마리가 힘없이 사방으로 튕겨 나갔다. 서둘러 메이지를 뒤로 물리고 기마궁수를 반월 모양으로 퍼뜨렸다. 뒤이어 아머나이트를 보내 놈을 포위하도록 지시했으나 생각보다 쉽지가 않았다.

부르탄, 기파.

기파에 몸을 움찔거리는 야수.

크륵?

이내 몸을 털더니 기파를 이겨내 버렸다. 놈은 곧바로 점프하여 하늘로 솟구쳤고 무혁을 그 틈을 노려 버프와 디버프를 사용했다. 아군은 강해졌고 야수는 약해졌으나 놈은 개의치 않고 아래로 떨어지면서 양손으로 지면을 가격했다.

콰아아앙!

사방으로 퍼져 나가는 진동. 뿜어지는 흙의 손길들.

말 그대로 손의 모양을 한 모래들이 아래에서 튀어나오더니 스켈레톤을 잡아먹기 시작했다. 상당한 범위를 자랑하는 통에 꽤 많은 소환수가 HP를 잃어가고 있었다. 그 순간 어디선가 날아온 빛이 스켈레톤의 신체를 꿰뚫으며 지나갔다.

[기마궁수7의 HP(690)가 회복됩니다.]

[정령의 기력(10)이 소모됩니다.]

암흑 치유의 정령이었다. 그러나 정령 하나로는 이 넓은 범위의 공격을 감당할 수가 없었다.

파바밧.

그에 무혁이 야수에게 접근했다.

풍폭, 파괴자의 돌진.

몸에 빛에 휩싸이며 극한의 속도로 쏘아진다.

콰앙!

그대로 놈의 측면을 가격했다.

[17,700의 대미지를 입힙니다.]

[31,860의 추가 대미지를 입힙니다.]

엄청난 대미지였다.

"후읍!"

멈추지 않고 공격을 이어갔다.

세 자루의 검이 생성되고 그것들이 사방에서 놈을 찌르고 베어버린다.

풍폭, 무뎌지는 감각.

연이어 근접 스킬로 놈을 밀어붙였다.

백호검법 제1초식, 백호결.

흔들리며 뒤로 물러나는 모습을 보아하니 분명 타격이 꽤 큰 모양이었다. 이제 슬슬 뒤로 물러나서 숨을 조금 돌리려는 순간 하늘에서 뭔가가 떨어졌다.

콰앙!

충격과 함께 시야가 일그러진다.

[HP(2,312)를 잃었습니다.]

[HP(2,291)를 잃었습니다.]

연이어 가격하려는 야수.

포이즌 오우거, 피어!

급히 피어를 명령해 잠깐의 틈을 만들었다.

설인, 아이스 홀드!

급히 몸을 일으킨 후 파워대시를 사용했다.

콰앙!

움직이지 못하는 놈을 쓰러뜨린 후 윈드스텝을 사용해 물러났다. 기마궁수1에게 다가가 혼란의 물약을 발라준 후 시야에 집중했다.

기마궁수1의 뼈 화살이 정확하게 야인의 상체에 꽂혔다.

크, 크르?

신체 지배력을 잃은 야수.

메이지, 전원 공격.

놈에게 파이어 월, 아이스 피스트, 윈드 스톰, 썬더 라이트닝과 같은 1차 마법이 쏟아진다. 각종 마법이 하늘을 수놓을 때. 연이어 파이어 스피어, 아이스 스톤, 윈드 커터, 썬더 피스트와 같은 2차 마법을 사용해 추가적인 피해를 입혔다.

쿠쿠구구궁.

뒤이어 뼈 화살이 허공을 채우고.

파바밧!

아머기마병이 돌진하여 놈의 신체를 찌르고, 또 군마로 짓밟으며 지나갔다. 후미의 아머기마병이 놈을 지나치기 직전. 갑자기 돌진하던 녀석들이 자리에 멈춰 버렸다. 야수가 팔이 엄청나게 길어지더니 아머기마병 다수를 끌어안아 버린 것이다.

콰드득.

그 상태에서 힘을 주자 버티지 못하고 뼈가 일그러졌다. 빠른 속도로 줄어들기 시작하는 HP, 치유의 정령이 날아갔지만 역부족이었다.

"허어……?"

결국 아머기마병 다섯 마리가 역소환되었다.

크르……!

야수는 분명 이번 공격으로 큰 타격을 입었다. 전신의 살점이 너덜거리는 수준이었으니까.

그러나 분명한 것은 놈이 죽지 않았다는 점이고 여전히 긴 팔로 스켈레톤을 낚아채어 신체를 우그러뜨리고 있었다.

"워후, 아직도 저런 힘이 있어?"

"쓰러지기 직전이잖아. 빨리 처리하자고."

"오케이."

성민우가 정령과 함께 달려든다. 어느새 나타난 다람쥐 역시 사방에서 거리를 좁히더니 바닥을 기어 야수의 하체를 집중적으로 공격했다.

크워어어어어!

포효를 지르며 다시 점프하는 야수.

단번에 예린의 앞에 착지를 해버리더니 주먹을 휘둘렀다.

카아앙!

상황을 보고 있던 무혁이 아슬아슬하게 놈의 정면을 막아섰다. 방패로 충격을 상당 부분 흡수했기에 HP는 크게 줄지 않았으나 힘에 밀려 예린과 함께 한참이나 날아갔다.

그러자 이번에는 야수가 김지연을 노렸다.

"어, 어어……!"

성민우가 급히 달려갔지만 조금 늦었다.

퍼억!

야수의 주먹이 김지연의 머리에 내리꽂혔다.

"꺄아아악!"

방어력과 HP가 낮은 까닭에 김지연은 단번에 HP가 바닥까지 떨어졌다. 다시 한번 야수의 공격에 맞으면 죽음을 면치 못하게 되는 것이다. 그러나 김지연은 할 수 있는 게 없었다. 빠르게 커지는 야수의 주먹을 멍하니 바라볼 수밖에 없었다.

그 순간 아마나이트1이 지니고 있던 검이 빛을 발했다.

특수 옵션, 피해 흡수가 발동된 것이다.

카아앙!

주먹은 방어막에 가로막혔고 덕분에 김지연은 죽음을 피할 수 있었다. 그사이 도착한 성민우가 정령과 함께 야수를 몰아붙였다.

"이 몬스터 새끼가……!"

평소보다 더 흥분한 성민우가 연계 공격을 이어갔다.

"뒤져, 새끼야!"

그러나 야수는 쓰러지지 않았다.

크, 크워어어어!

공격을 피하거나 막을 생각은 없어 보였다. 다만, 맞으면서도 야수는 주먹을 거칠게 휘둘렀다. 그에 정령 몇 마리가 튕겨 나갔다.

"이 미친!"

그럼에도 성민우는 물러서지 않았다. 무혁은 그사이 기마궁수1의 꼬리뼈에 환각의 독을 묻혔다. 방금 전과 같은 상황이 오면 꼬리뼈를 날려 시간을 벌기 위함이었다.

이동 능력이 참…….

놈의 점프력이 워낙에 뛰어나서 포위가 통하지 않았다.

뭔가, 방법이 없나?

찰나 떠오르는 게 있었다.

그룹을 나누는 것.

가능할 것 같은데?

가능성을 발견하자마자 실행에 옮겼다. 기마궁수와 메이지를 각 8개의 그룹으로 나눈 후 동서남북에 배치했다.

"민우야, 됐어!"

"오케이!"

성민우가 빠지고 다시 공격을 퍼붓는다. 예린과 김지연은 최대한 뒤로 물러났다.

콰지직.

그 순간 다시 지면을 강하게 찬 야수가 뛰어올랐다.

3그룹, 파워샷!

놈의 정면에 위치하고 있는 3그룹 기마궁수가 뼈 화살을 날렸다. 허공에서 피할 수는 없었기에 야수는 양손으로 얼굴을 보호했다. 그 위로 강한 힘이 실린 뼈 화살이 꽂히면서 다가오는 녀석을 오히려 뒤로 밀어 보낼 수 있었다.

쿠웅.

바닥에 착지한 녀석이 다시금 달려들었으나 4그룹이 날린 파워샷에 저지당했다.

크워어어어!

분노를 표하는 야수.

기마병, 돌진.

그 순간 달려든 아머기마병이 놈을 밀쳐 버렸다.

"오오, 좋은데?"

"오빠, 최고!"

"뭘, 이제 걱정하지 마. 제대로 보호해 줄 테니까."

이후로도 야수가 예린과 김지연을 노리면 잘게 쪼갠 그룹의 기마궁수와 아머메이지를 활용해서 놈들 뒤로 밀쳐 버렸다. 파워샷이 없으면 멀티샷으로. 그것도 부족해지면 메이지의 마법으로 말이다.

시간은 보다 소모되었지만 조금 더 안정적이 되었다.

크, 크르…….

그리고 지금, 성민우와 정령의 연계 스킬에 드디어 놈이 쓰러졌다.

[경험치를 획득합니다.]

정말로 강하고도 질긴 놈이었기에 경험치의 양도 어마어마했다.

"후, 근데 이러면……."

정상까지 상당한 시간이 소요되리라. 게다가 3마리 정도의 야수만 나타나도 전투는커녕 도망치기에 바쁠 것 같았다.

"후우."

걱정이 눈앞을 가렸다.

이틀 후. 초입을 넘어 중턱으로 향하는 길.

"음?"

뒤에서 진동이 느껴진다.

"아, 피닉스 길드인가?"

"그런 것 같은데?"

나무와 나뭇가지, 그리고 큰 잎에 시야가 가려져 정확하게 보이진 않았지만 상당한 숫자의 유저들이 초입 부근에 있는 건 분명했다.

"좀 편해지겠는데?"

"그랬으면 좋겠다."

얼어붙은 산맥에 나타나는 야수는 강해도 너무 강했다.

두 마리까지가 한계야. 저들이 부디 시선을 끌어주기를.

"제발……."

그리고 피닉스 길드는 무혁의 기대를 배반하지 않았다.

나무 기둥에 올라간 무혁이 낮게 속삭였다.

"또 간다."

피닉스 길드가 워낙 규모가 크다 보니 아무래도 야수들의 시선을 끌어버렸다. 그것도 아주 제대로.

덕분에 산맥에 존재하던 야수들이 피닉스 길드가 위치한 곳으로 이동하기 시작했다.

"저기도."

"근처에 더 있어?"

"어, 우측에서 내려오는데?"

"그럼 조금 더 여기 있어야겠네."

"그렇지."

얼마 지나지 않아 야수 무리가 내려갔다.

"지금은?"

무혁은 스컬 스네이크의 시야에 집중했다.

더 이상은 없어.

고개를 젓는 모습에 성민우와 예린, 김지연이 나무에서 내려왔다. 속도를 높여 앞으로 향했고 상당 부분 올라갔을 무렵, 무혁이 손을 들었다.

"나무 위로."

"응!"

"네에!"

"오케이."

아래로 내려가는 야수 무리를 보내고.

"한 마리 발견."

홀로 다니는 녀석은 힘을 합쳐 처리했다.

[경험치를 획득합니다.]

무혁이 자리를 잡고 앉았다.

"근처엔 더 없으니까 좀 쉬자."

요리도구를 꺼내어 허기를 채우고 무기를 구입해서 장인 강화로 공격력은 물론 붙어 있는 옵션까지 상승시켰다.

흠, 이건…….

상당히 괜찮은 수준의 활이다. 아직 무기가 썩 좋지 않은 기마궁수37에게 건넸다.

"잘 써라."

기마궁수37이 턱을 부딪친다.

놈들을 마계로 보내고 나무 위에서 시간을 보냈다.

[소환수가 경험치 획득를 획득합니다.]

[소환수가 경험치 획득를 획득합니다.]

['포이즌 오우거'가 역소환…….]

대략 20분이 흐르자 전부 역소환을 당했다. 곧바로 히드라를 불러낸 후 스컬 스네이크를 사방으로 퍼뜨렸다.

"없어, 올라가자."

"응!"

이제 산맥의 정상이 얼마 남지 않았다. 무려 8일간의 대장정이 그 끝을 보이기 시작한 것이다.

조금만 더……!

올라가고 멈추고, 휴식을 취하고 사냥하고. 반복하기를 5시간.

"헙……!"

"왜 그래?"

"갑자기 사방에서 오고 있어."

"뭐? 야수가?"

"어, 그것도 대량으로."

좌우, 그리고 퇴로라고 볼 수 있는 뒤쪽까지 전부 야수들로 득실거렸다.

쿵, 쿠우웅.

게다가 전속력으로 질주하고 있었다.

미친. 어떻게 된 거야……!

도망칠 수도 없는 상황이다. 순간 시야로 휑한 정면의 길이 들어왔다. 스컬 스네이크의 시야로 확인을 해봐도 정상까지 오르는 길목에 야수는 없었다. 다른 선택은 생각도 할 수 없었기에 도박을 하기로 결정했다. 도착하자마자 숨겨진 장소를 찾아내서 들어가는 것. 그것만이 살아남을 수 있는 유일한 방법이었다.

"군마 소환!"

"뭐야?"

"타고 그냥 정상까지 뛰어!"

"진짜로?"

"어서!"

"미친, 도대체 몇 마리기에!"

"수십 마리 이상!"

"헐……!"

더 이상의 대화는 없었다.

여기서 죽으면 안 돼!

너무 아깝지 않은가.

다들 굳은 표정으로 군마를 타고서 전력으로 질주했다.

"거의 다 왔어!"

"제발……!"

야수들의 소리가 들린다.

크워어어어!

화답하듯, 모든 공간에서 괴성이 울렸다. 진동에 몸이 떨렸다.

"미친, 거의 근처까지 왔잖아!"

"그냥 달려!"

야수들의 속도가 생각보다 더 빠르다. 어느새 50미터 지점까지 좁혀졌다.

40미터, 30미터, 그리고 20미터.

그 순간 정상에 올랐고 중앙에 세워진 석상을 발견했다.

"어……?"

급히 주변을 둘러봤지만 숨겨진 장소는 보이질 않는다.

정말 시간이 없다.

쿠웅!

야수 몇 마리가 모습을 드러냈다. 한 마리, 또 한 마리. 순식간에 열 마리로 늘어났다. 그럼에도 불어나는 숫자가 멈추지 않는다.

"허얼……."

성민우가 절망에 빠진 탄식을 뱉어낼 때, 무혁은 급히 석상을 건드렸다.

제발!

[석상이 반응합니다.]

[지금까지 쌓아온 …….]

석상에서 뿜어진 기운이 야수들을 덮쳤다.

다가오던 야수들이 멈추고.

크워어……!

힘없는 외침과 함께 녹아버렸다.

[경험치를 획득합니다.]

[경험치를…….]

놈들이 죽어버리면서 무혁과 일행은 엄청난 양의 경험치를 얻었다.

"사, 살았다……!"

"근데 어떻게 된 거야? 퀘스트를 받은 적도 없는데 석상의 봉인이 풀리고?"

무혁도 그 부분이 궁금했다.

마침 석상이었던 자가 눈을 떴다.

번쩍.

붉은 안광이 하늘을 삼키고 그 하늘이 다시 석상이었던 자의 눈으로 빨려 들어가는 것만 같은 착각을 느낄 때.

"내가, 깨어난 것인가?"

"아, 네."

"그대들이 깨웠군."

"맞습니다."

꽤나 젊은 사내인 그는 잠시 무혁과 일행을 쳐다봤다.

"후, 결국 이렇게 운명이 흘러가는구나."

"예……?"

"아닐세. 아무튼, 고생했네. 이렇게 봉인을 풀어줬으니 그에 합당한 보상은 줘야겠지. 한데 이상하군. 지금 올라오고 있는 자들이 더 많은 공헌을 했어. 그들과 동료인가?"

"아닙니다."

"아니라……?"

"네."

"흐음, 이걸 어쩐다."

"저희가 봉인을 푼 것은 명확하다고 봅니다."

"그건 그렇지."

"올라오는 이들이 선의를 가졌을지, 악의를 가졌을지도 잘 모르고요."

"흐음."

사내는 잠시 고민하더니 이내 고개를 끄덕였다.

"상황도 좋지 않고. 나도 바쁘니 자네들에게만 보상을 주겠네. 가까이 오게나."

퀘스트를 받지 않았음에도 보상을 얻는 모양이었다. 무엇보다도 피닉스 길드에겐 보상을 주지 않는다는 게 가장 마음에 들었다.

네 사람이 사내의 앞에 모였고.

스윽.

그가 뻗은 손에서 빛이 뿜어지더니 공간을 장악했다.

[물의 속성이 캐릭터 시스템을 분석합니다.]

[카야의 힘이 시스템에 깃듭니다.]

[물의 기운이 언제나 그대들과 함께할 것입니다.]

[스킬 '냉기의 갑옷'을 습득합니다.]

스킬을 획득한 무혁이 웃었다.

좋았어!

이제 또 다른 힘을 찾으러 나서야 할 때.

"음, 궁금한 게 있는데요."

"뭔가."

"혹시 이곳처럼 저주받거나 봉인된 장소가 있을까요?"

"음, 기다려 보게."

카야가 눈을 감았다.

약 10초 후 눈을 뜬 그가 고개를 저었다.

"더 이상 이곳에는 없군."

"이곳이라면……?"

"여기, 그라칸 대륙에는 없다는 것이네."

"아아, 그렇군요. 그럼 다른 대륙에는 있는 건가요?"

"거기까진 모르겠군."

"으음."

장인의 섬과는 달리 아는 것이 적은 모양이었다.

아쉬운 마음이 솟구친다.

그래도 꽤 찾은 거겠지?

다크가 찾았던 숨겨진 힘이 총 몇 개였는지는 기억이 나지 않았다. 그렇기에 유저들이 숨겨진 힘을 얼마나 많이 찾아낸 것인지 감을 잡을 수가 없었다.

아니, 잠깐만. 이것도 물어볼 수 있는 것이 아니던가.

"음, 그러면 말이죠."

"시간이 없으니 서둘러 말하게."

"혹시, 그라칸 대륙에 봉인되어 있던 장소가 몇 군데 있었는지는 알 수 있을까요."

"특이한 게 궁금하군."

"네, 그냥 알아만 두려고요."

"총 네 군데일세."

무혁의 눈이 예리해졌다.

각 대륙마다 4개라면?

카이온 대륙에서는 무려 3개를 획득했기에 거의 독점한 것이나 다름이 없다.

물론 추측일 뿐이지만 가능성은 충분히 있었다.

"감사합니다."

"되었네. 난 이제 해야 할 일이 있어서 가 봐야겠군."

"아, 네."

아무래도 차원의 문은 없는 모양이었다.

그 순간 카야가 지면을 찼다.

파앗.

하늘로 솟구치더니 등에서 날개가 솟아났다. 그대로 저 멀리 사라졌다. 무혁은 뒤늦게 정신을 차리곤 군마에 다시 올라탔다.

"일단 내려가자."

"아, 으응!"

"그래야지."

"왔던 길로는 못 가니까, 여기로."

그곳에선 피닉스 길드가 올라오고 있으리라.

"마주치면 난감하겠지?"

"그러니까 서두르자고."

급히 올라왔던 반대편으로 내려갔다.

잠시 후. 피닉스 길드가 정상에 올라섰다.

"갑자기 몬스터가 안 보이는 이유는 모르겠지만, 이건 기회야. 어서 뭐라도 찾아봐!"

"네!"

하지만 아무리 뒤져 봐도 나오는 건 없었다.

"왼쪽엔 아무것도 없습니다!"

"오른쪽도 마찬가지입니다!"

상남자가 미간을 찌푸렸다.

"없을 리가 없잖아! 다시 찾아봐!"

"예!"

분명히 있을 것이라는 확신이 그의 눈을 멀게 했다. 정상에서 쓸데없는 수색으로 무려 하루를 소모하고서야 현실을 직시했다.

"왜, 도대체 왜 없냐고!"

절규 어린 외침이 얼어붙은 산맥을 울렸다.

정말 오랜만에 포르마 대륙에 들어섰다. 인벤토리에서 마법 수정구를 꺼낸 후 MP를 주입하자 빛이 뿜어졌다.

두 번, 세 번. 반복하던 빛이 스며들고 라카크의 얼굴이 나타났다.

-영주님!

"이제 할 일이 거의 다 끝나서요."

-아이고, 드디어 오시겠군요.

"뭐, 가자마자 금방 또 가야 할 겁니다."

-또 멀리 가시는 겁니까?

"아뇨, 이번에는 짧을 거예요."

-아이고, 다행이네요.

"제가 없어서 많이 바쁘셨죠?"

-괜찮습니다. 틈틈이 보고도 올렸고 또 지시도 내려주셔서 말씀하신 대로 차근차근 성장하는 중입니다.

"다행이네요."

-참, 도란 경이 엄청 기다리고 있습니다.

"금방 도착한다고 전해주세요."

-네, 그럼 오시면 찾아뵙겠습니다.

"네, 그러죠."

이름 : 무혁

작위 : 준남작

영지 : 칼럼 소도시

인구수 : 29,132명

영지 명성 : 711

치안 상태 : 상

발전도 : 중상

무혁의 눈이 커졌다.

"허어."

이곳을 떠날 때만 해도 인구수가 분명 5천 명 수준이었다. 런데 지금은 무려 3만 명에 근접한 상태. 설마 이 정도로 인구가 많아졌을 줄은 상상도 하지 못했다.

건축 레벨 : 5(100%)

여관, 음식점, 잡화점, 도축장, 목수 길드, 대장장이 길드, 무기, 방어구 상점, 액세서리점, 길드 관리소, 전사 길드, 궁수 길드, 마법사 길드, 신전, 확장 공사, 정령사 길드, 도적 길드, 정보 길드, 고층 건물 공사.

게다가 건축 레벨 역시 100퍼센트. 마을에 도착하면 바로 레벨부터 올려야 할 것 같았다.

규모가 있는 마을에 도착한 무혁과 일행은 바로 워프게이트로 향했다.

"어서 오십시오. 어디로 모실까요?"

"아벤소 마을로요."

"2골드입니다."

골드를 지급한 후 게이트에 올라섰다.

후우우웅.

게이트가 작동했고 넷은 순식간에 아벤소 마을 게이트 지점에 도착했다. 군마를 타고 50분 정도 달렸을 즈음.

"유저가 엄청 많은데?"

"득실거린다, 아주."

사냥을 하는 유저와 오가는 유저들을 발견할 수 있었다. 이미 무혁임을 짐작할 수 있게 하는 아이템을 모두 해제한 상태라 누구도 그를 알아보지 못했다. 편안하게 10분 정도를 더 나아가자 저 멀리 칼럼 소도시의 외향이 눈에 들어왔다.

"와우……!"

절로 탄성이 새어 나왔다. 멀리서도 한눈에 들어오는 고층 건물들 탓이었다.

벌써 이 정도로……?

드러내진 않았지만 무혁 역시 내심 놀라움에 침을 삼켰다. 건물들이 생각보다 훨씬 더 높았고, 안정적이었다. 게다가 세련되기까지 했다. 물론 무혁이 지시한 내용이긴 하지만 이렇게 잘 따라줬으리라곤 솔직히 예상하지 못하고 있었다.

"와, 멋져……!"

"시, 신기해요. 정말 많이 발전했네요."

예린과 김지연의 말에 고개를 끄덕였다.

좋구나.

저것이 무혁, 본인의 것임을 인지하면서 절로 기분이 좋아졌다. 아마도 지금 상황에서 마을을 이 정도 규모로 키운 것은 그가 유일할 터.

큰 힘이 될 거야.

이윽고 칼럼 소도시의 입구에 도착했다. 두 명의 경비원을 지나치자 활기에 찬 내부의 광경이 펼쳐졌다.

"탱커 가능한 파티원 구합니다!"

"레벨 120 이상 궁수 구해요! 얼음 계열 스킬 있으면 대환영합니다!"

"어그로 잘 끄시는 분!"

"냉기 마법사 구합니다! 레벨 상관없어요!"

파티를 구하는 이들.

"화염 코뿔소 재료 경매장에 엄청 싸게 올려뒀습니다!"

"기본 공격력 167짜리, 장검 판매합니다! 경매소 수수료 제외한 금액만 받습니다!"

장사하는 이들도 보인다.

"이거 너 때문이지?"

"응? 뭐가?"

"저기 냉기 속성 궁수랑 마법사 구하는 거."

"아아……."

무혁이 입꼬리를 말아 올렸다.

"맞아. 화염 코뿔소 공략법을 올리긴 했었지."

"크, 덕분에 사냥하기가 쉬우니까 유저들이 몰리는구만."

"와, 그런 거였어, 오빠?"

"뭐, 도움이 되면 좋겠다고 생각하긴 했는데 이 정도까지는 기대 안 했지."

"역시 우리 오빠!"

칭찬은 고래도 춤추게 한다던가.

괜히 기분이 좋아졌다.

"뭐, 아무튼 이제 좀 쉬자. 난 마을 좀 돌아볼 테니까."

"응!"

"저기 중앙여관에 있을게."

"그래."

세 사람이 중앙여관으로 향했고 무혁은 천천히 마을을 돌아다녔다.

"어? 촌장님!"

"오랜만이야."

길드 관리소장, 카호메르였다.

"우와! 이제 돌아오신 건가요?"

"그래."

"다들 영주님 얼마나 기다렸다구요!"

"좀 늦긴 했지. 그보다, 총관님은?"

"아, 지금 시간이면 집무실에 있을 것 같은데요?"

"그렇군. 고마워."

"뭘요."

그와 인사를 나누고 바로 영주성으로 향했다. 도착하려면 시간이 꽤 걸릴 것 같아서 가는 길에 건축 레벨을 높이기로 했다.

[건축 레벨을 올릴 수 있습니다.]

[Yes/No]

[건축 레벨이 6이 됩니다.]

[명성(10,000)이 소모됩니다.]

무혁은 6레벨 상세한 내용을 확인한 후 새롭게 지을 수 있는 건축물을 눌렀다.

[병사 양성소 건축 계획을 세웁니다.]
[아카데미 건축 계획을 세웁니다.]

마침 영주성에 도착했다. 입구를 지키는 병사가 무혁을 발견하더니 눈을 크게 떴다. 예전에 한 번 무혁을 봤던 병사라 그를 단번에 알아본 것이다.

"추웅!"

인사를 받은 후 내부로 들어갔다.

집무실이면 2층이던가.

소도시로 넓혀지면서 영주성이 생겼으나 너무 바빠서 그때는 미처 확인도 못 했었다. 이제야 느긋하게 걸으면서 영주성을 살폈다.

그때 계단을 통해 1층으로 내려오던 라카크가 무혁을 발견했다.

"오오, 영주님!"

고개를 돌린 무혁이 웃었다.

"정말 오랜만이죠?"

"말도 마십시오!"

"그동안 정말 고생 많으셨어요."

"별말씀을요."

반가운 마음에 이런저런 대화를 나눴다.

"그랬군요."

"네. 아, 그리고 오자마자 이런 말씀은 좀 그렇지만……."

"괜찮아요."

"몇 가지 건축물을 더 지어야 할 것 같습니다."

당연히 병사 양성소와 아카데미이리라.

"건축물이라면?"

"인구가 많이 늘어나면서 재능 있는 이들이 많아졌습니다. 해서, 아카데미를 설립하여 그들에게 검술과 마법을 가르쳤으면 합니다."

"좋군요."

"그렇다고 재능이 있는 이들만 받을 순 없지요. 해서, 재능이 부족한 이들을 위한 병사 양성소도 필요한 시기입니다. 보병, 창병, 궁병, 기마병과 같은 보다 전문적인 훈련이 가능해질 것이라 생각합니다."

무혁은 고개를 끄덕였다.

"전부 추진하세요."

"예, 영주님."

몇 가지 지시사항을 더 내린 후 도란의 위치를 물었다.

"아, 도란 경은 지금 영주성 뒤쪽 훈련장에 있을 겁니다."

라카크는 건축물 설립을 위해 나갔고 무혁은 도란을 만나기 위해 이동했다. 생각보다 많은 NPC가 있었다.

"흐아아압!"
"하앗!"
훈련에 열중하는 그들 사이로, 도란이 보였다.
파아앙!
시위에 건 화살이 쏘아진다.
호오.
한눈에 봐도 전과는 비교할 수 없을 정도로 성장했음을 알 수 있었다.
"도란."
무혁의 부름에 그가 고개를 돌린다. 눈동자가 커지고.
"주군!"
반가운 외침과 함께 무혁에게 달려갔다. 무혁은 다가오는 도란의 표정에 서린 반가움과 자신감을 엿었다.
"이제야 오신 겁니까, 주군."
"그래."
"말없이 훈련을 떠나서 정말 죄송합니다!"
"괜찮아. 그보다 성과는?"
"만족하는 수준까지는 아니지만 일단 부족함은 없을 거라 생각합니다."
자신만만한 태도였다.
흐음, 한번 볼까.
곧바로 도란의 상태를 확인했다.

이름 : 도란

레벨 : 180

직업 : 정예 궁수

직위 : 호위

충성도 : 극상

특기 : 탐색, 추적, 훈련, 정확도, 속사

레벨이 무려 180이었다.

허어?

헤어질 때만 하더라도 130이 조금 넘었었는데 길지 않은 시간 동안 50이나 올려 버린 것이다. 여기에 직업이 궁수에서 정예 궁수로 변경이 되었고 특기에는 정확도와 속사가 추가되었다. 물론 무혁 역시 도란과 헤어지고 레벨을 상당히 올렸다. 현재 레벨이 221이었으니까. 그러나 그것을 감안하더라도 도란의 레벨 업 속도는 상상을 초월하는 수준이었다.

"부족함이 없다라."

"예."

"어떻게 지냈기에?"

도란이 미소를 지었다.

"운이 좋았습니다. 훈련을 위해 떠났다가 정말 대단한 용병 무리를 만났거든요. 마음이 맞아 그들과 함께 다녔는데 실력이 대단해서 도움을 크게 받았습니다. 덕분에 짧은 시간 동안 빠르게 강해질 수 있었습니다."

"그랬군."

"네, 시간이 나면 꼭 이곳에 들르라고 말해뒀습니다."

무혁은 고개를 끄덕였다.

뛰어난 용병이라. 가능만 하다면야 수하로 두면 좋으리라.

"오게 되면 나한테도 알려주고."

"물론입니다."

"좋아, 그러면 얼마나 강해졌는지 제대로 봐야지."

"예?"

"덤벼봐."

"아……!"

도란이 눈을 빛내며 거리를 벌렸다.

"제대로 가겠습니다, 주군!"

"당연하잖아. 마음껏 덤비라고."

무혁이 말을 끝내는 순간 도란의 손이 움직였다. 시위에 화살 세 대가 걸리는 시간은 찰나였고 쏘아진 화살이 좌우, 중앙에서 뻗어오는 시간 역시 촌각이었다. 정신을 차리니 조그맣던 화살촉이 순식간에 거대해졌다. 그에 무혁도 순간 침을 삼켰다.

백호보법.

급히 보법을 사용해 드러난 틈으로 몸을 비집어 넣었다.

지금부터 반격을 시작한다?

그럴 시간이 없었다.

팡, 팡, 파바바방!

특기에 적힌 속사가 어떤 것인지 여실히 깨닫는 중이었다.

호오……!

화살이 빨라도 너무 빨랐다. 피하는 것 외에는 다른 것을 할 시간이 없을 정도로. 결국 한 대의 화살을 허용할 수밖에 없는 상황이 와버렸다. 원래라면 사용하지 않았겠지만 부하에게 공격을 당하는 수모를 당하고 싶진 않았다.

냉기의 갑옷!

무혁의 전신이 새파랗게 변하고.

카앙! 카강!

화살이 막에 부딪히더니 사방으로 튕겨 나갔다.

유지 시간은 2초. 그동안은 하나를 제외한 모든 공격을 100퍼센트 막아주는 대단한 스킬이었다. 일종의 무적이라고 생각해도 좋을 정도였지만 단점이 없는 건 아니었다.

냉기 계열은 아예 막아주지 못한다는 점. 게다가 유지 시간이 겨우 2초인 점.

물론 이것만으로도 감지덕지하지만 사실 지금까지 얻은 숨겨진 힘과 비교한다면 아쉬운 게 사실이었다.

쏟아지는 검. 윈드 스텝.

잡념을 지우고 무혁은 두 가지 스킬을 사용하여 도란과 거리를 좁혔다.

캉, 카강!

2초라는 시간이 지났을 무렵엔 이미 충분히 가까워진 상태였다. 세 자루의 검은 벌써 도란을 공격하기 시작했다.

그 순간 도란이 활대로 검을 치면서 측면으로 돌기 시작했다. 공격하는 검의 공격을 피하고, 막아내고, 또 이동하면서도 끝없이 화살을 쏘아댔다. 놀라운 것은 그런 상황에서도 속도와 정확성이 떨어지지 않는다는 사실이었다.

터엉!

방패를 들어 막아보니 대미지도 상당했다. 하지만 이 정도 거리까지 좁힌 이상 질 수가 없었다. 거리를 무조건 좁힐 수 있는 두 개의 스킬이 그에겐 존재했으니까.

파괴자의 돌진.

빛처럼 도란에게 접근한다.

"흡…!"

그의 눈동자가 커지고.

콰앙!

뒤이어 무혁의 어깨에 가격당한 도란이 뒤로 한참을 날아갔다. 충격에 미간을 찌푸리면서도 그는 손을 멈추지 않았다.

팡, 파바방!

다섯 대의 화살이 줄지어 쏘아졌다. 쫓아가던 무혁은 결국 방향을 꺾을 수밖에 없었다. 하지만 아직 하나가 더 남아 있었다.

파워 대시.

곧바로 다시 도란에게로 나아갔다.

기이한 각도. 있을 수 없는 방향성.

"이런……."

콰앙!

이번에는 방패에 가격당한 채 고꾸라졌다.

스윽.

그제야 검을 뽑아 도란을 겨눴다.

"어때, 더?"

"후우, 졌습니다. 주군."

무혁이 웃으며 검을 집어넣고 손을 내밀었다.

"고생했다."

"감사합니다."

냉기의 갑옷이 아니었다면 조금 창피스러운 일을 당했을지도 모르겠다는 생각을 하며 도란을 흐뭇하게 눈에 담았다.

엄청나게 성장했어. 이 정도라면 상당한 도움이 되리라.

"오후에 헤밀 제국으로 갈 거야. 준비해 둬."

"아, 네. 알겠습니다!"

무혁은 이후 영지를 돌아다니며 부족한 부분이 없는지 살폈다.

후, 대단한데?

흠잡을 곳 없는 완벽함, 그 자체였다. 새로 짓기 시작하는 아카데미와 병사 양성소까지 완공이 된다면 이제 군사력까지 한층 더 업그레이드가 되는 것이다.

확인을 마치고 동료들이 있을 중앙 여관으로 이동했다.

끼이익.

문을 열고 들어가자 음식을 먹고 있는 세 사람이 보였다.

"오빠아, 여어기."

"와안냐?"

"먹고 말해."

"우웅!"
식탁 앞에 앉은 무혁도 음식을 주문했다.
"음식 나왔습니다."
오랜만에 먹는 남이 해준 밥.
"역시 맛있구만."
"그치?"
그렇게 흡족한 식사를 마친 네 사람은 이내 각자만의 정비 시간을 가졌다.
잠시 후. 다시 함께 모인 네 사람과 여기에 도란을 포함하여 다섯이서 헤밀 제국으로 향했다.
"아뮤르 공작이 안다고?"
"어, 전에 퀘스트를 하나 받아뒀거든."
"크, 끝내준다."
"퀘스트가 아직 남아 있는 걸 보면 누가 받아간 건 아닌 것 같고."
"제발……!"
1시간을 달려 아벤소 마을에 도착한 다섯 사람은 워프 게이트를 이용하여 헤밀 제국에 들어설 수 있었다.
"바로 가자고."
"오케이."
성내로 향하는 두 개의 입구. 중앙에 위치한 넓은 문과 왼쪽에 위치한 작지만 기품이 흐르는 작은 문.
무혁은 왼쪽의 작은 문으로 나아갔다. 그 앞을 지키는 두 명의 병사가 창대를 교차하며 막았다.

"패를 보여주십시오."

귀족을 증명하는 패를 보여주자 병사가 길을 터줬다. 내부로 들어서자마자 아뮤르 공작의 저택으로 향했고 기다림 없이 그를 만날 수 있었다.

"정말 오랜만이군."

"네, 생각보다 시간이 걸렸습니다."

"그래, 오자마자 이런 말을 해서 미안하네만. 이젠 내 부탁을 들어주겠는가?"

"그 말씀은……."

"아직 적임자를 찾지 못했다네."

회심의 미소를 짓는 무혁.

"물론입니다."

"고맙군!"

[퀘스트 '아뮤르 공작의 기다림'을 클리어하셨습니다.]

[연계 퀘스트 '포르마 대륙의 숨겨진 힘'으로 이어집니다.]

아뮤르 공작이 서류를 내밀었다.

"대략적인 위치라네."

"여기는……."

"최북단 마을이지. 조용한 곳이지만 조심해야 하네."

"무엇을 말입니까."

"위쪽 대륙, 카이온을."

"예……?"

갑자기 카이온 대륙을 조심하라니. 이해가 가지 않았다.

"전쟁이 머지않았어."

"아……!"

"극단적으로 말하자면 오늘 당장 카이온 대륙에서 공격을 가해와도 이상한 게 없는 수준이지. 물론 우리가 먼저 그들을 공격할 수도 있고. 그러니 최북단에 위치한 만큼, 조심해야만 할 것이야."

"으음, 그 정도로 심각하군요."

"머지않아 실감할 수 있을 것이네."

그렇다고 포기할 생각은 없었다.

이게 어떤 기회인데.

"서두르겠습니다."

"그래 주면 고맙겠군. 힘을 찾아내어 부디 나에게 전해주게나."

"네, 공작님."

미안하지만 그건 안 되리라.

숨겨진 힘은 찾아내는 자에게 주입되는 시스템이니까.

굳이 그 사실을 언급하지 않았다.

"다녀오겠습니다."

공작의 저택에서 나와 서둘러 최북단으로 나아갔다.

스윽.

인벤토리에서 마법 수정구를 꺼냈다.

-영주님!

"바쁘니까 간단하게 얘기할게요."

-말씀하십시오.

"전쟁이 터질 것 같습니다. 여유 자금을 모두 털어서 작업 속도를 높여주세요. 아카데미보다는 병사 양성소에 집중해서 병사들의 수준을 최대한으로 끌어올려 주길 바랍니다."

-저, 전쟁 말입니까?

"네.

-아, 알겠습니다. 최대한 서두르겠습니다.

"다시 연락하겠습니다."

-네, 영주님!

통신을 종료하고 고개를 돌렸다.

"들었지?"

"어, 어어."

"카이온 대륙이랑 전쟁 날 거 같다더라."

"진짜로?"

무혁이 고개를 끄덕였다.

"워우, 이거 뭐라고 해야 되냐……?"

"당황스럽기도 하고."

"한편으로는 기대되기도 하고?"

생각보다 심각한 분위기는 아니었다. NPC들에겐 미안한 이야기겠지만 대규모 전쟁을 경험하는 건 분명 이색적인 일일 테니까.

"서두르자고."

"오케이!"

어쩌면 마지막이 될지도 모를 숨겨진 힘을 찾기 위해 속도를 높였다.

홈페이지가 뜨겁게 달아올랐다.

[제목 : 와, 겁나 어이없네요. 저 병사한테 죽었습니다ㅠㅠ]

[내용 : 아니, 장난하는 것도 아니고. 진짜. 그냥 사냥하고 있는데 갑자기 무장한 병사들이 등장하더니 포위하지 뭡니까! 왜 이러냐고 물어봐도 대답도 안 해주고! 그냥 무차별적 공격을 하던데. 하, 진짜. 어이가 없어서. 문양 캡처해 놨는데, 여기 도대체 어디죠? 일루전 하면서 무조건 저 문양 쓰는 곳 망하게 만들어 버릴랍니다!]

ㄴ아ㅠ 저도 북쪽 끄트머리에서 사냥 중이었는데 저놈들한테 죽었어요!

ㄴㅅㅂ. 저도요……!

ㄴ도대체 어디임, 저기?

ㄴ저거 문양 포르마 대륙에 있는 게 아니네요.

ㄴ포르마 대륙 문양이 아니라고요?

ㄴ저거 카이온 대륙에서 가장 힘이 세다는 바쿠산 제국 문양이네요.

ㄴ헐, 리얼입니까?

ㄴ리얼요. 근데 카이온 대륙 병사가 왜 포르마 대륙에……?

ㄴ그러게요? 뭐지?

└설마, 이거……?

└이거 뭐요?

└전쟁 징조 아님?

└에이, 대륙끼리 전쟁한다고요?

└글쳐!

└스케일이 너무 커요ㅋㅋㅋ

└근데, 진짜로 하면 재밌긴 할 듯.

└장관이겠네요……!

└우리한테도 퀘스트 겁나 떨어질 테고요.

└워후!

└그래도 전쟁은 아닌 듯.

└너무 나갔음ㅎㅎ

└가능성 충분한 거 같은데?

전쟁의 징조이냐, 아니냐. 유저들이 다투는 사이.

[제목 : 지금 퀘스트 떴습니다!]

[제목 : 카이온 대륙이랑 포르마 대륙, 전쟁 났어요!]

[제목 : 대규모 퀘스트다, 미친!]

[제목 : 와, 지렸다……!]

[제목 : 이거, 잘하면 귀족 되는 거 아님?]

[제목 : 성과를 올려라!]

[제목 : 크, 전쟁. 죽인다! 바로 참전하러 갑니다!]

전쟁 퀘스트가 포르마 대륙을 시작점으로 하는 모든 유저에게 날아들었다.

한편 아뮤르 공작에게서 얻은 지도를 활용하여 비밀 장소를 발견한 무혁과 일행은 그곳에서 15일간의 사냥을 거쳐 드디어 석상을 깨웠다.

"그대들이군."

"네."

"고맙네."

그에게서 받은 보상은 '소환수 흡수' 스킬이었다.

[소환수 흡수]

소환수를 지정하여 그들의 능력치를 일부 흡수한다.

지속 시간 : 10분

쿨타임 : 180분

소모 MP : 흡수하는 개체당 50

소환수의 능력치를 본 캐릭터에 흡수하여 일인 군단이 되는 것. 그것이 이 스킬의 중점이었다. 그야말로 가치 있는 스킬이었기에 아주 흡족했다.

"혹시, 포르마 대륙에 봉인된 다른 지역도 있나요?"

"더 이상은 없군."

모든 대륙에서 없다는 소리를 들었다. 마지막 숨겨진 힘을 얻었기에 아쉬움보다는 만족감이 컸다.

끝이구나.

"마지막인데 다들 괜찮은 거 얻었고?"

"응, 최고야, 오빠!"

"저두요."

"나도 제대로 된 거 얻었다. 크으!"

"그럼 이제 나가자고."

차원의 문을 통해 밖으로 나왔다.

"헙……!"

그 순간 카이온 대륙의 병사들과 마주쳤고.

"적이다!"

그들의 외침이 퍼진 직후.

파바밧.

순식간에 모인 병사들이 무혁과 그 일행을 포위했다. 무슨 상황인지 이해할 수 없었다.

"뭐, 뭐야……?"

그러나 분명한 것은 이들이 뿜어내는 기세와 분위기가 심상치 않다는 것.

어? 저 문양은……!

얼마 전 분명히 일루전 홈페이지에서 본 적이 있었다.

카이온 대륙, 바쿠산 제국. 그들이 사용하는 문양이다.

설마……!

[카이온 대륙이 포르마 대륙을 침공하였습니다.]

[포르마 대륙이 카이온 대륙에 전쟁을 선포하였습니다.]

[메인 에피소드3, '대륙 전쟁'이 시작됩니다.]

[대규모 퀘스트 '용병 모집(포르마)'이 강제 발동됩니다.]

확인할 겨를도 없었다.

"공격!"

바쿠산 제국 병사들이 화살을 날리기 시작한 탓이었다.

놀라긴 했지만 그간의 전투경험이 헛된 건 아니었는지 무혁을 포함한 전원이 재빨리 방패를 들어 올렸다. 날아든 화살의 방패에 막혀 허무하게 튕겨 나갔다.

"허, 미친……!"

"나오자마자 이게 뭐야, 도대체?"

다시 메시지를 읽었다.

"메인 에피소드3, 대륙 전쟁."

"허, 그러면 저 병사들이 카이온 대륙에서 넘어온 거야?"

"아마도?"

"어쩌지? 죽여야 되나?"

"어? 죽인다고……?"

막상 NPC를 죽인다고 생각을 하니 영 꺼림칙한 그들이었다. 그 분위기를 눈치챈 무혁이 고개를 저었다.

"일단은 도망치자."

"예, 주군!"

"으응, 알겠어."

포위를 당한 상태였기에 한 곳은 뚫어야 했다.

내려갈 길은 뒤쪽. 무혁은 소환수를 그곳으로 집중시켰다.

아머기마병, 돌진! 부르탄, 기파!

아직은 포위망이 제대로 구축되기 전이었기에 그 정도만으로도 충분히 한 지점을 뚫을 수 있었다. 나타난 빈 공간으로 급히 달리기 시작하는 다섯 사람.

"막아!"

"보내지 마라!"

NPC들이 달려왔으나 이미 그들은 통과를 한 뒤였다.

기마궁수 역소환하고 군마를 불러낸 후 등에 올라탔다.

"속도 최대한으로!"

뒤에서 날아오는 화살이 비처럼 쏟아졌지만 몸집이 큰 소환수가 대신 맞아줬기에 HP가 위험할 정도로 줄어들진 않았다. 게다가 군마가 워낙에 빨라서 바쿠산 제국의 병사들과 거리가 순식간에 벌어졌다.

"후아……!"

그제야 절로 안도의 한숨이 나왔다.

"완전 당황스럽네, 진짜."

"타이밍이 어이가 없을 정도라고."

"위, 위험했어요."

"주군, 다친 곳은 없으십니까."

"난 괜찮아. 다들 괜찮지?"

"응, 괜찮아."

"후, 아무튼 에피소드2는 끝난 것 같고."

"그 말은 숨겨진 힘을 다 찾아냈다는 소리겠지?"

"확실하진 않지만, 아마도?"

"에피소드3은 대륙 전쟁이고……!"

숨겨진 힘을 찾아냈으니 이젠 그 힘을 사용하라는 의도인 모양이었다.

"근데 막상 NPC들 죽이려고 하니까 좀 찝찝하더라."

"오빠도?"

"어, 너도 그랬지?"

"으응."

무혁이 괜찮다는 듯 웃었다.

"다들 걱정 마. 생각이 있으면 유저 위주로 전투를 진행할 테니까."

"응? 왜?"

"우린 죽어도 죽지 않잖아."

"아……!"

"게다가 그네들 입장에서 우린 말 그대로 이방인이야. 퀘스트로 최대한 끌어모은 다음에 적군에게 피해를 주고 싶을 거야. 게다가 NPC는 목숨이 하나니까 전력 보존을 위해서라도 유저들 중심으로 전투가 돌아갈 수밖에 없지."

"오호라."

"오빠, 좀 스마트한데?"

"뭐, 이 정도야."

그 순간 뒤쪽에서 거친 소리가 들려왔다.

"……아!"

아무래도 병사들이 쫓는 것을 포기하지 않은 모양이었다.

"이런, 다시 속도 높이자."

"응!"

한참을 달려 마을에 도착한 후 워프 게이트를 이용해 헤밀 제국으로 넘어가고서야 마음을 놓았다.

"오빠, 퀘스트는 확인했어?"

"용병 모집?"

"응!"

"아직. 지금 볼게."

급히 퀘스트 창을 열었다.

[용병 모집(포르마)]

[카이온 대륙과 전쟁을 치르게 된 상황이다. 포르마 대륙의 모든 제국과 왕국은 동맹을 맺었으며 그들은 힘을 모아 카이온 대륙을 처단하기로 했다. 이에 동조한다면 아래 지역에 설립된 용병 모집소로 향해 힘을 보태도록 하라.

(무함마 마을, 코스코 마을, 달렌 마을, 그락샤스 소도시…….)]

[성공할 경우 : 대규모 경험치, 연계 퀘스트.]

무혁이 고개를 끄덕였다.

"할 거지?"

"당연하지!"

"나두!"

"그럼 나 잠깐 성내에 들렀다가 바로 가자."

"근데 어디로 갈 거야, 오빠?"

"음, 무함마 마을이 가장 북쪽일걸?"

"응, 거기가 좋을 것 같은데."

"알겠어."

"나도 오케이."

"그럼 우린 정비 좀 할게."

"주군, 저는……."

"나랑 같이 가야지."

"예!"

성민우, 예린, 김지연은 정비를 무혁과 도란은 성내로 향했다. 가는 길에 수정구를 통해 라카크에게 상황을 알려줬다.

-아니, 정말로 전쟁이…….

"준비는 어떻게 되었죠?

-일단 군사력을 최대한 키웠고 방어에 중점을 뒀습니다.

"잘하셨어요. 칼럼 소도시가 외곽에 위치한 곳은 아니니까 한동안은 괜찮을 겁니다. 그래도 혹시 모르니 좀 더 군사력 증강에 힘을 써주세요.

-알겠습니다, 영주님.

"전쟁이 좀 더 크게 번지면 다시 연락하겠습니다."

-예, 걱정하지 마십시오.

라카크의 든든한 목소리에 마음이 놓였다.

그래, 아직은 괜찮아.

칼럼 소도시에 영향을 끼칠 정도가 된다면 영주로서 전쟁에 참가하겠지만 아직은 아니다. 지금은 유저로서 현재의 상황을 깊이 파악하고 싶었다. 생각을 정리하는 사이 아뮤르 공작의 저택에 도착했다. 마침 입구에서 나오는 그를 발견할 수 있었다.

"오, 자네!"

아무래도 무혁을 기다린 모양이었다.

"공작님?"

"안 그래도 기다리고 있었네. 상황이 급박해져서 말이야. 다행히 늦지 않게 와줬군. 일단 내가 부탁했던 일은 어찌 되었나?"

"그것이……."

무혁은 잠시 뜸을 들였다.

"답답하구만. 어서 말해보게."

"일단 해결은 했습니다."

"오오! 정말인가?"

"네, 그런데 문제가 생겼습니다."

"문제라니?"

"말해주신 장소에서 비밀스러운 곳으로 내려갔습니다. 몬스터를 사냥하여 한참을 나아가다 석상을 보게 되었는데……."

대략적으로 상황을 알려줬다.

"그 석상이 힘을 저에게 줘버렸습니다."

"자, 자네에게?"

"예, 힘이 담긴 물체가 아니라 그 자리에서 바로 받아버리는 식이라 어쩔 수가 없었습니다."

"아……."

아뮤르 공작의 표정에 실망감이 스친다.

"그랬군, 그랬어."

그것도 잠시 이내 고개를 끄덕였다.

"설마 그런 방법일 줄은 몰랐군."

"죄송합니다."

"아니야, 그게 어디 자네의 잘못인가. 그래도 그 힘이 자네에게 깃들었다니 다행이군. 적어도 자네는 악한 존재는 아니지 않은가."

"물론입니다."

"허허, 그럼 되었네. 그보다 전쟁이 터졌다는 소식은 들었나?"

"네, 나오자마자 카이온 대륙의 병사와 마주쳤습니다."

"허어, 저런."

"숫자가 많아서 급히 도망치긴 했는데, 상황이 이렇게까지 커졌을 줄은 몰랐습니다."

"예상했던 일이 터진 것이지. 알테온 그 작자만 카이온 대륙으로 도망치지 않았더라도 이렇게 일이 커지진 않았을 것인데. 아니, 카이온 대륙에서 그 작자를 넘겨주기만 했더라도……."

아뮤르 공작이 고개를 저었다.

"후우, 이미 지난 일이니 현재에 집중해야겠지. 아, 그리고 자네는 용병으로 참가하지 않아도 된다네."

"네?"

"우리 제국의 귀족이지 않은가. 물론 굳이 원한다면 용병으로 참가해도 좋네만."

"음, 두 가지가 다릅니까?"

"다르지. 제국의 귀족으로 참가한다면 정예 병사를 내어줄 것이네. 그들을 지휘하여 카이온 대륙의 병사를 물리치면 되지. 용병으로 참가한다면 주로 카이온 대륙의 용병, 그러니까 자네와 같은 이방인들을 상대하게 될 것이네."

무혁이 원하는 것은 이방인과의 전투였다. 그래야 백마군의 붉은 단검을 사용하여 특수 옵션, 갈취하는 손을 사용할 수 있을 테니까. 스탯도 올릴 수 있고.

여러모로 그쪽이 이득이었다.

"어떻게 하고 싶나?"

"전 용병으로 참가하겠습니다."

"굳이?"

"최전선에서 활동하고 싶어서요."

"으음, 하긴……."

목숨이 무한대인 이방인이니 최전선에서 용맹하게 날뛸 수 있으리라.

"알겠네. 그럼 무함마 마을로 가겠군."

"네."

"이거라도 갖고 가게."

아뮤르 공작이 내민 것은 명패였다.

"용병 관리자에게 이것을 보여준다면 자네가 이방인들을 지휘할 수 있는 권한을 얻을 수 있을 것이네. 원하지 않는다면 굳이 사용하지 않아도 되고."

"감사합니다."

"그럼 전장에서 보도록 하지."

"아, 공작님."

"음? 왜 그러나?"

"부탁 하나만 드려도 되겠습니까."

"말해보게."

"공헌도를 사용하고 싶습니다."

"공헌도 말인가?"

"예."

"허허, 좋군. 언제라도 환영이지. 그럼 내 개인 창고를 열어주면 되겠나? 아니지, 그러면 부탁이라는 소리도 안 했겠군. 혹시……?"

"네, 폐하께 언급이라도 해주실 수 있으신지요."

"흐음……."

고민하던 아뮤르 공작이 고개를 끄덕였다.

"좋네. 포르마 대륙의 숨겨진 힘을 찾아낸 것은 분명한 공이지. 게다가 공헌의 힘을 사용해 자네가 강해진다면 전쟁에서 더 활약할 수 있을 터이니, 내 폐하께 바로 아뢰도록 하겠네."

"감사합니다."

"함께 가지."

복도의 끝, 거대한 문이 열렸다.

끼이익.

아뮤르 공작이 손짓했다.

"들어오게."

몇 걸음 나아간 무혁이 무릎을 굽히고 고개를 숙였다.

"황제 폐하를 알현합니다."

"그래, 공헌의 힘을 사용하고 싶다고?"

"예."

"전에 개인 창고에 갔었지?"

"맞습니다."

"이번에는 공용 창고는 가능할 것 같군. 가겠나?"

개인 창고는 성능이 확인한 것들만 존재한다. 공용 창고에는 성능이 조금 떨어지는 물품과 아직 확인되지 않은 것들이 공존한다.

공용 창고라. 개인 창고가 아니라 조금 아쉽지만 공용 창고도 나쁘지 않았다.

그래, 전쟁 전이니까. 일단은 전력을 최대한으로 높이는 게 좋을 것 같았다.

"물론입니다."

황제가 고개를 끄덕였다.

"밖에 있나? 공용 창고까지 안내하게."
그때 아뮤르 공작이 끼어들었다.
"폐하, 제가 안내해도 되겠습니까?"
"자네가?"
"예."
"그렇게 하게나."
"감사합니다."
무혁은 아뮤르 공작과 함께 다시 긴 복도를 되돌아갔다. 황궁에서 나와 기다리고 있는 도란과 함께 멀지 않은 곳에 위치한 거대한 건물로 이동했다. 아뮤르 공작에게 이런저런 이야기를 듣는 사이 목적지에 도착한 모양이었다.
"벌써 다 왔군. 여기일세. 그럼 전장에서 보도록 하지."
"감사합니다."
"인사는 무슨. 되었네, 대신 제대로 활약하게나."
아뮤르 공작과 인사를 한 후 도란을 쳐다봤다.
"혹시 활 필요해?"
"아닙니다."
"진짜?"
"어, 그게……."
무혁이 피식하고 웃었다.
"활, 석궁. 골라."
"활로 하겠습니다."
"구해올 테니까 조금만 더 기다려."

"예, 주군!"

무혁은 건물 내부로 들어가자마자 아이템을 빠르게 훑었다. 썩 좋지 않은 옵션들이 대부분이었지만 간간이 정말 뛰어난 무구가 등장했다.

이건 괜찮은데.

포르마 대륙 공용 공헌도가 2,750점. 헤밀 제국 공헌도가 1,620점. 총합, 4,370점이었기에 충분히 넉넉한 수준이었다.

[환궁의 활을 구입하셨습니다.]

[공헌도(1,200점)을 사용합니다.]

도란에게 줄 활을 구입하고도 3,170이나 남았다.

호오, 이것도.

간간이 보이는 보물 같은 무구들.

무혁의 걸음이 점차 빨라졌다.

제5장
전쟁

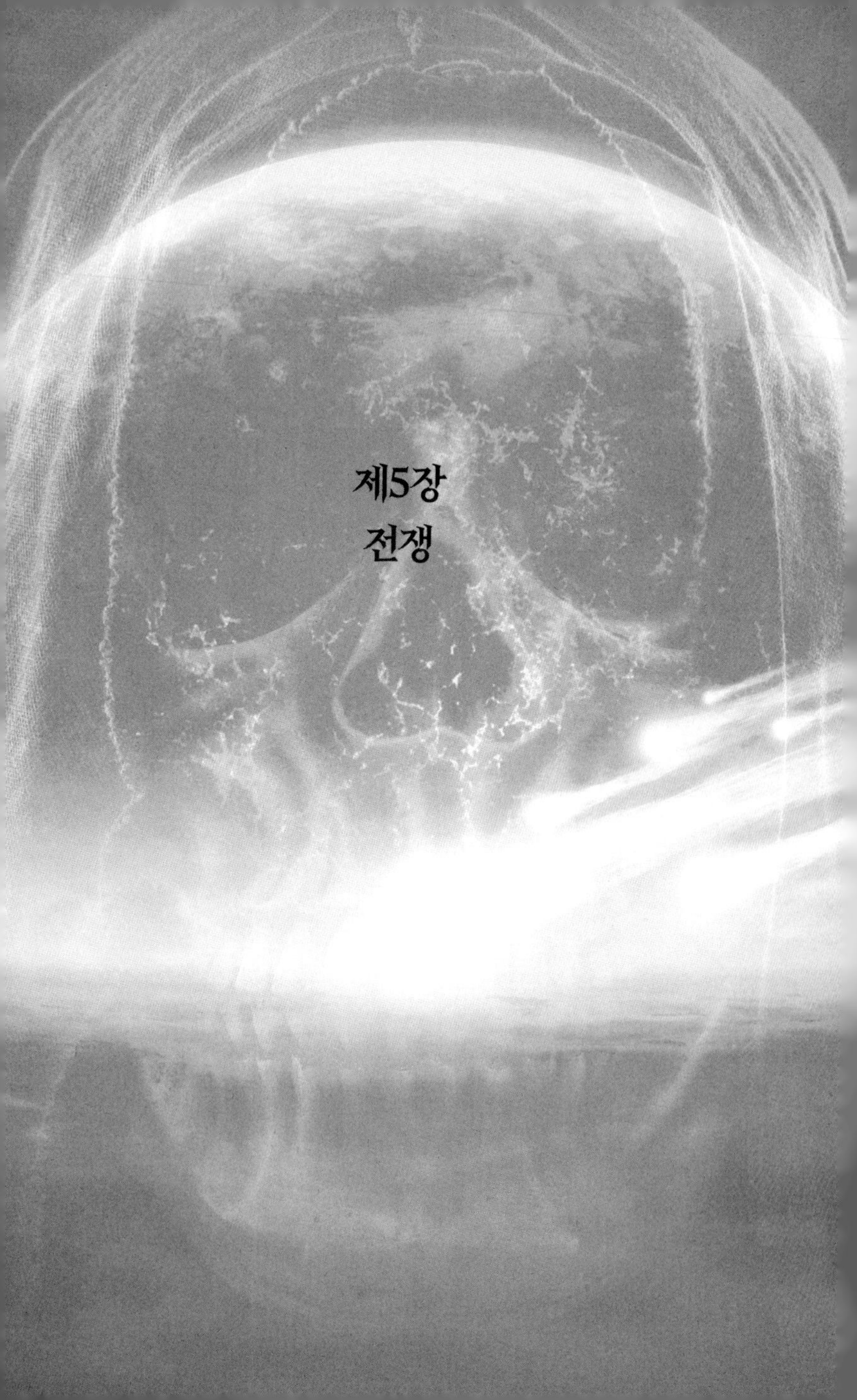

창고에서 나와 도란에게 활을 건넸다.

"이거 괜찮더라. 써."

"감사합니다, 주군!"

도란은 진심으로 기뻐하고 있었다.

활대를 쓰다듬는 모습, 웃음이 떠나지 않는 미소가 무혁을 흡족하게 만들었다.

"이제 가자."

"예, 주군."

성외에서 정비를 마치고 채팅 시스템을 오픈했다.

[무혁 : 어디야?]

[예린 : 정비 끝내고 경매소 구경 중!]

[무혁 : 몇 층인데?]

[예린 : 1층에서 기다리고 있을게.]

예린을 만나기 위해 경매소로 향했다.

"오빠, 여기!"

"혼자야?"

"전부 구경 중이야."

"아아."

무혁과 도란도 예린과 함께 경매소를 둘러봤다. 혹시라도 괜찮은 게 보이면 전쟁이 치러지기 전에 구입할 목적이었다.

하지만 역시나 크게 관심을 끄는 물건은 없었다. 다만 성민우와 김지연은 오랜만에 와서인지 아이템을 구입했다.

"몇 개나 산 거야?"

"나 3개."

"저는 2개요."

"꽤 샀네?"

"응. 이제 준비도 끝냈고……."

"가보자고."

경매소에서 나와 게이트로 향했다.

"어서 오십시오. 어디로……."

"무함마 마을로."

건물은 많지 않았지만 땅덩어리가 아주 넓었다. 그 덕분인지 유저가 상당히 많음에도 불구하고 꽤 한적한 기분이 들게 만들었다.

"호오, 괜찮은데?"
"느낌 좋고."
게이트에서 내려와 주변을 훑었다. 대부분이 한 방향으로 나아가고 있었다.
"저기로 가면 되려나?"
"일단 가보자."
위쪽으로 조금 향했을 무렵 곳곳에 꽂힌 팻말이 보였다.

[용병 지원자, 300미터 앞에서 우측.]

"꽤 먼데?"
"뭐, 300미터면 금방이지."
다만 사람이 많아서 속도가 느려지는 건 사실이었다. 해서 이런저런 수다를 떨면서 느긋하게 걸음을 옮겼다.
"실력자도 많겠다, 그치?"
"아무래도."
"참, 오빠는 단검 그거, 사용하겠네?"
"스탯 올려주는 거?"
"응."
"하향되긴 했는데, 써야지."
그걸 위해 용병에 참가한 것이니까.
"와, 겁나 부러워!"
"근데 단검 공격력이 낮아서 괜찮을지 모르겠네."

"아, 그런 문제가 있었구만."

"물론 8강화에 성공하면 괜찮겠지만."

"허어, 되려나."

"일단 시도는 해봐야지."

우선 단검을 강화시키는 게 1차 목표였다. 최대한 빨리 8강을 만들고 이후 시간을 두고서 천천히 방어구 강화에 집중할 생각이었다.

"참, 오빠. 근데 대륙 간 워프 게이트 있잖아."

"응."

"거기로 이동해 오면 어떻게 되는 거야?"

"어? 글쎄?"

무혁도 호기심이 들었다.

찾아봐야겠네.

"잠깐만."

설정을 오픈한 후 일루전 홈페이지에 접속했다. 몇 번 검색하니 결과가 나왔다.

"찾았어."

"벌써?"

"응, 방금 어떤 유저가 워프 게이트 이용하려고 했는데 전쟁으로 인해서 사용할 수 없다는 메시지가 떴다는데?"

"아아, 그렇구나."

"게이트를 이용한 침공은 못 하겠네."

"그렇지."

대륙을 넘기는 해야 하기에, 아무래도 배를 타고 올 가능성이 높았다. 해전에 능숙한 NPC가 거의 없을 것이라 추정되는 바, 아마도 대부분의 전투가 육지에서 치러지리라.

잠시 후 목적지에 도착하니 어설프게 만든 허전한 단성이 보였다.

"아무도 없네?"

"기다려야 하나?"

"흐음."

주변 유저들도 어찌해야 할지 모르겠는지 우왕좌왕하고 있었다.

무혁은 일단 기다려 보자는 심정으로 동료들을 진정시켰다.

"난 강화나 좀 할게."

"으응!"

"꼭 성공해라."

응원을 받으며 백마군의 붉은 단검을 내려놓았다.

장인의 강화. 떠오르는 푸른 점과 붉은 점.

후읍!

잠시 고민을 하다가 푸른 점을 위주로 노리면서 망치를 내려쳤다.

캉, 카앙!

공격력 대신 옵션을 택한 것이다.

[강화도가 상승합니다.]

[강화도가……]

[강화도가 100퍼센트에 도달하였습니다.]
[칭호의 영향을 받습니다.]
[강화에 성공하셨습니다.]

6강이었던 단검이 7강에 올라섰다. 어떻게 변화했을지 몹시 궁금했다.

[백마군의 붉은 단검+7]
물리 공격력 155+164
모든 스탯 +8
반응속도 +3%
특수 옵션 : 갈취하는 손.
내구도 330/330
사용 제한 : 힘65, 민첩70.

[갈취하는 손(항시 적용)]
마지막 일격을 가할 경우 상대방의 레벨에 따라 스탯을 랜덤으로 빼어온다. 상대방의 레벨이 더 낮을 경우 0.012만큼, 상대방과 레벨이 동일할 경우 0.06만큼, 상대방의 레벨이 더 높을 경우 0.12만큼의 스탯을 획득한다.

"미친……."

자기도 모르게 욕을 내뱉어버렸다.

"응? 오빠?"

"어어?"

"갑자기 욕을 하기에. 왜, 실패했어?"

"아니, 아니야."

"괜찮은 거지?"

"그럼, 괜찮아."

다만, 너무 놀랐을 뿐. 반응속도. 모든 스탯. 두 가지의 상승은 당연히 짐작했다.

다만 한 가지. 설마 특수 옵션인 갈취하는 손의 능력치까지 상승할 줄은 정말 몰랐다. 본래는 0.01, 0.05, 0.1이었다. 즉, 20퍼센트가 상승한 것이다.

9강은 보류하려고 했는데…… 별수 없지.

이건 9강까지 시도하라는 하늘의 뜻이리라.

경매소를 열어 미리 필요한 강화 재료를 구입했다.

[191골드가 소모됩니다.]

[311골드가 소모됩니다.]

[227골드가 소모…….]

돈이 엄청난 속도로 줄어들었다.

으, 내 돈……!

벌써 천만 원을 넘게 써버렸다.

쓰는 건 찰나구나.
영원불멸한 진리를 느끼며 다시 스킬을 사용했다.
필요한 재료를 소모한 후 망치를 들었다.
카앙!
이번에도 푸른색의 점에 시선을 뒀다.

무혁의 안색이 좋지 않았다.
"야, 진짜 괜찮냐?"
"어……."
"몇 번이나 실패한 거야?"
"열둘."
"미친, 지금 몇 강인데?"
"7강."
그래도 6강이 아닌 게 다행이라고 해야 할까.
"쓴 돈은……?"
"8천."
"8천 원은 아닐 테니……."
무혁은 잠시 멍하니 허공을 주시했다. 문득 정신이 들었다.
이러고 있을 시간 없다고……!
손을 움직여 재료를 다시 구입하여 강화를 이어갔다.

[강화에 성공하셨습니다.]

다행히 8강에 올라섰다.

하지만…… 여기서 계속해서 미끄러졌다.

멈출 순 없잖아.

지금까지 사용한 재료비가 얼마인데 멈출 수 있으랴. 돌이킬 수 없다는 생각을 하며 성공할 때까지 달려가리라 다짐했다.

그래, 누가 이기나 해보자고.

어금니를 깨물며 다시 재료를 소모했다.

"후읍!"

망치를 강하게 내리찍었다. 분노와 애절함을 담아서.

무혁은 강화도가 100퍼센트에 도달하는 순간 눈을 감아버렸다.

도란, 성민우, 예린, 김지연.

네 사람도 부디 성공하기를 기원하며 단검을 주시했다. 은은하던 빛이 서서히 사라지기 시작한다. 단검에 흡수가 되면 성공. 먼지처럼 흩어지면 실패인 상황.

"오, 오빠……."

결과를 확인했을 예린의 목소리가 들려온다. 뒷말이 흐리다.

아, 또 실패한 건가?

속이 쓰려왔다.

"오빠!"
"하아, 실패한 거야?"
눈을 뜨자 웃고 있는 예린이 보였다.
"아니, 성공이야!"
"지, 진짜?"
무혁이 단검을 들어 올렸다.
"아……."
정말로 9강에 성공한 것이다.
미친, 내 돈. 다시 한번 사용된 금액이 떠오르며 속을 쓰리게 만들었지만 지금이라도 9강에 성공한 것을 감사하며 옵션을 눈에 담았다.
물공의 총합, 463. 반응속도 10퍼. 모든 스탯 15증가.
그리고.

[갈취하는 손(항시 적용)]
마지막 일격을 가할 경우 상대방의 레벨에 따라 스탯을 랜덤으로 뺏어온다. 상대방의 레벨이 더 낮을 경우 0.0218만큼, 상대방과 레벨이 동일할 경우 0.1만큼, 상대방의 레벨이 더 높을 경우 0.22만큼의 스탯을 획득한다.

특수 옵션의 상승. 더할 나위 없이 만족스러웠다.

그로부터 얼마 지나지 않아 중년의 기사 한 명이 단상으로 올라왔다. 자연스럽게 그에게 유저들의 시선이 쏠렸다.

"헤밀 제국의 정예 기사, 카르페도입니다."

"……."

유저들의 호응은 없었다.

"1차적으로 용병 신청을 받도록 하겠습니다. 용병이 되고자 이곳에 오셨을 테지만 혹시라도 지금 마음이 바뀌신 분은 왼쪽으로 빠져 주시기 바랍니다."

움직이는 사람은 없었다.

"그럼 모두 참가하는 것으로 알겠습니다. 패를 발급받아야 하니 제대로 줄을 서주시기 바랍니다."

유저들도 괜히 시간을 끌지 않았다.

줄을 맞춰 섰을 무렵.

"병사. 전장의 패를 나눠주도록."

"알겠습니다!"

병사 다수가 유저들에게 패를 건넸다. 무혁 역시 패를 받았다.

[전장의 패]

포르마 대륙과 카이온 대륙의 전쟁에 참여함을 증명하는 명패.

아직 패를 받지 못한 이들이 존재하는 그때, 저 멀리서 젊은 기사가 말을 타고 달려왔다. 그는 단상에 오르더니 중년의 기사에게 무어라 말했다. 순간 중년 기사의 표정이 굳어졌고 급히 고개를 정면으로 돌렸다.

"이미 꽤 많은 외곽 지역이 점령을 당한 상태입니다. 그중에서도 북쪽 지역이 가장 피해가 큽니다. 지금도 카이온 대륙의 용병과 병사들이 남하하는 상태입니다. 지금, 이곳에서 멀지 않은 곳에 위치한 소도시 하나가 점령을 당했다는 보고입니다. 숫자가 많지는 않다고 하니 패를 지급받은 이들부터 먼저 가도록 하겠습니다."

[퀘스트 '용병 모집(포르마)'을 클리어합니다.]

[대규모 경험치를 획득합니다.]

[퀘스트 '승리를 위하여'로 이어집니다.]

[승리를 위하여]

[카이온 대륙과의 전쟁에서 반드시 승리하는 것. 그것이 포르마 대륙의 의지이며 목표다. 그것을 위해 수단과 방법을 가리지 않을 것이며 모든 힘을 동원하여 적들을 압도하고자 한다.

그를 위하여 적들의 진군을 늦추는 것, 죽이는 것, 혼란에 빠뜨리는 것, 지휘하여 최소한의 피해로 최대한의 타격을 입히는 것 등 어떠한 행위도 공헌으로 평가될 수 있다. 포르마 대륙의 연합국들은 공헌에 따른 합당한 포상을 내릴 것을 명시하였다.

당신은 지금, 정식으로 포르마 대륙의 용병이 되었다. 이제 전쟁을 승리로 이끄는 일만이 남았다.]

[성공할 경우 : 기여도에 따른 보상 차등 지급.]

퀘스트를 확인한 유저들의 표정에 즐거움과 기대감이 묻어 나온다.

"크, 재밌겠는데?"

"대규모 전쟁이니까 당연히 재밌겠지. 카이온 대륙 유저는 막 죽여도 되는 거잖아?"

"그렇지!"

"아이템도 떨어뜨리려나?"

"그건 아닐걸? 카오가 아닌데."

"아쉽네, 그건."

"그래도 공헌도가 오르니까."

"크, 좋구만. 진짜 실력 발휘 좀 해서 유명해져야겠다."

"제발 좀 그래라."

"이번엔 진짜 제대로 할 거라고."

"그래, 그래."

떠드는 이들을 무시한 채 카르페도가 크게 외쳤다.

"집중!"

그에 유저들이 입을 다문다.

"저기 젊은 기사가 안내할 겁니다. 서둘러 주십시오!"

젊은 기사가 몸을 돌렸다.

"출발하겠습니다!"

크게 외치며 말을 타고 달리기 시작했다.

"어, 어어? 뭐야?"

"쫓아가자고!"

"누가 군마 좀 불러주세요!"

"저도요!"

"부탁 좀 드리겠습니다!"

일부 조폭 네크로맨서가 군마를 불러 유저들을 태웠다.

"고마워요!"

덕분에 전장의 패를 지급받은 유저 전부가 기사를 쫓아갈 수 있게 되었다.

스윽.

뒤를 한 번 돌아보는 기사.

유저들이 잘 쫓아오는 걸 확인한 그가 눈을 빛냈다.

"속도 올리겠습니다!"

거의 전력으로 질주하는 수준이었다.

파바바밧.

먼지를 일으키며 점령당한 소도시로 향했다.

저 멀리 목적지가 보였다.

"일단 저곳에 있는 이들은 전부 이방인입니다."

"이방인이요?"

"네, 당신들과 같죠. 점령만 하고 다른 방향으로 남하한 모양입니다. 일단 저들부터 처리해야 할 것 같은데, 가능하겠습니까?"

기사의 물음에 다들 고개를 끄덕였다.

"당연하죠."

"여기 모인 숫자가 몇인데."

"그럼 부탁 좀 드리겠습니다."

"걱정 말라고요."

유저들이 달려갔다.

"좋아, 죽이러 가자고!"

"새끼들, 감히 여기가 어디라고 쳐들어와!"

"조지자!"

"우오오오오!"

다들 어떤 열기에 취해 소도시로 난입했다.

"우리도 따라서 가보자."

"오케이."

무혁과 일행은 후미에 위치했다. 상황을 정확하게 모르는 상태였기에 괜히 선두에 설 필요가 없다고 여긴 까닭이다. 일단은 죽지 않는 것이 우선이라고 여겼기에 안전을 위해 상황부터 파악하기로 했다.

쾅, 콰과과광!

그 순간 소도시 내부에서 폭발이 터졌다.

"흡……!"

벌써 싸움이 터진 모양이었다.

아이템을 제대로 착용한 후 소환수를 불렀다.

"스켈레톤 소환."
"정령 소환."
"다람쥐 소환!"
바람과 함께 모습을 드러낸 스켈레톤 대군. 멋들어진 정령들. 그리고 작지만 날렵한 다람쥐까지. 순식간에 분위기가 달라졌다.
"허어?"
근처에 있던 유저들이 놀라며 무혁을 힐끔거렸다.
"아, 무혁 님이랑 강철주먹 님, 예린 님이네."
"저분은 사제, 맞지?"
"어, 김지연 님이었던가?"
"사제 중에서는 꽤 알아주더라고."
"크, 하나같이 다 랭커구만."
"끝내준다."
"여긴 그냥 이기겠는데?"
"우리 편이니까 당연하지, 인마!"
"그럼 즐겨보자고."
나쁘지 않은 분위기였다.
쾅, 콰과과광!
하지만 그와 다르게 도시 내부의 폭발은 커져가고 있었다.
"속도 높일까?"
"아니. 일단 상황부터 파악하자고."
무혁은 결코 서두르지 않았다.
"스컬 스네이크, 소환."

스네이크, 전방으로. 스컬 스네이크는 생각보다 빨리 움직였다. 사방에서 퍼진 상태로 소도시의 벽을 넘어갔고 무혁은 시야 공유를 통해 내부에서 벌어지는 상황을 눈에 담았다.

"미친. 생각보다 세!"

"우리가 숫자는 더 많으니까 밀어붙이라고!"

"뒤에도 더 있어!"

숫자는 아군이 더 많았다.

흐음.

다만 실력에서 차이가 났다.

철저하게 모은 모양인데?

아무래도 포르마 대륙의 유저는 급하게 모은 용병이었기에 실력도 중구난방일 수밖에 없었다. 그에 반해서 카이온 대륙의 유저는 제대로 뭉친 정예일 것이고. 수를 압도하는 실력이 그들에게는 분명 존재하고 있었다.

"흐업……!"

"큭, 뭐가 이렇게 세!"

상황이 이어질수록 차이가 확연해졌다.

"밀어붙여!"

"뭐야, 별거 없잖아!"

"공헌도나 올리자!"

카이온 대륙 유저가 미친 듯이 달려들었다. 그 공격에 적중당한 일부 포르마 대륙 유저가 허무하게 녹아버린다.

"이런, 시바……!"

"아, 겁나 짜증 나네, 진짜!"

무려 24시간을 기다려야 하는 페널티. 죽어버린 자들이 할 수 있는 일은 접속을 해제한 후 실시간 영상이나 일루전TV를 통해 간접적으로 전쟁을 경험하는 수밖에 없었다.

지금 막 화살이 미간에 꽂히면서 크리티컬이 터진 191레벨의 마법사 유저, 장길한 역시 마찬가지의 상황이었다.

[HP가 0이 되었습니다.]

[사망하셨습니다.]

[24시간 동안 접속할 수 없습니다.]

치밀어 오르는 분노와 허탈한 아쉬움에 몸을 떨며 접속을 해제했다.

치이익.

"하아, 빌어먹을."

다급히 일루전TV를 틀었다.

여기, 방송 중인 거 없나?

다행히 전쟁과 관련한 방송이 꽤 켜진 상황.

"어?"

운이 좋은 걸까.

"오, 무혁 님 방송 중이네."

오랜만에 열린 그의 방송에 접속했다.

-반갑습니다!

채팅을 치자 모두들 환영해 줬다.

-어서 오세요.ㅎ
-무혁 님 TV는 오랜만이네요?
-그러게요ㅠㅠ
-확실히 최근 방송이 줄었죠?
-네. 에피소드2가 뭐라고, 참. 힘 찾아다니느라 방송도 다 끊어버리고ㅠㅠ
-랭커한테는 아무래도 중요하겠죠.

이런저런 이야기가 오가는 상황. 무혁이 드디어 소도시 내부로 들어서기 시작했다.

-오, 들어간다!

장길한은 급히 채팅을 쳤다.

-어? 무혁 님 저기 계셨네? 저 방금 저기서 죽었는데…….
-헐, 리얼요?ㅋㅋ
-나름 191레벨 마법사고 컨트롤도 자신이 있었는데…….
-근데요?
-그냥 녹아버리더라고요ㅠㅠ

-허어?

-하, 24시간을 어떻게 기다릴지 생각만 해도 소름이 돋네요.

장길한은 키보드에서 손을 놓았다.

이제 구경이나 해볼까.

영상에 집중하기 위해 VR도 챙겨서 착용했다.

"호오."

역시 VR의 느낌은 생동감이 넘쳤다.

-우린 측면에서 공격부터 하자.

-측면에서?

-어, 담이 그리 높지 않잖아. 지키는 유저도 없고. 저기서 공격하면 꽤 먹힐 것 같은데?

-오호라.

무혁과 성민우의 대화. 이어지는 행동.

장길한은 왜 본인이 저 생각을 못 했을까, 고개를 갸웃거렸다.

-측면에서 마법이나 뼈 화살 날리겠네요.

-맞네. 저러면 엄청나게 이득 아님?

-그렇긴 한데, 의외로 저걸 직접 생각하는 건 어려움. 고정관념이라고 해야 되나. 정문으로 들어가야 될 것 같은 기분? 지금도 보세요. 다들 정문으로만 들어가잖아요.

-인정……!

-쉬운 듯 어려운 느낌적인 느낌.

일루전TV를 방청하는 이들도 비슷한 느낌을 받은 모양이었다. 물론 전부가 동의하진 않았다.

-근데 같은 편도 공격당하잖아요, 저러면?

-맞음. 그래서 안 하는 건데…….

-뭐, 방법이 있겠죠?

-아, 무혁 님은 특이한 소환수가 많아서 충분히 가능할 듯.

티격태격하는 사이.

오, 시작하려나?

장길한은 움직이는 무혁에게 집중했다. 그는 측면으로 이동하더니 시야 공유를 통해 내부를 다시 한번 살폈다.

-나랑 나란하게 서봐.

-응!

-여기서 4시 방향은 난전이니까 제외.

-저기?

-어, 10시 방향은 아군 없으니까 공격하면 되겠다.

-오케이.

-나부터 간다.

무혁은 곧바로 메이지에게 마법을 명령했다. 각 속성이 메이지의 손바닥 위에 떠오르고, 그것들을 날려 성벽을 넘어 보냈다.

곧이어 아래로 떨어진 마법. 진동과 함께 거대한 흙먼지가 솟구쳤다.

[경험치가 오릅니다.]×18
[전쟁 공헌도가 오릅니다.]×18

떠오른 메시지를 무시한 채 공격을 이어 나갔다.

기마궁수, 멀티 샷.

각도를 조절하여 쏘아 보낸다.

팡, 파바바방!

뼈 화살 무더기가 비처럼 내리고.

"갑자기 뭐야!"

"담벼락 밖에서 날아오잖아, 새끼들아! 좀 막으라고!"

"힐, 일단 힐부터!"

상당한 이들이 타격을 입었다.

[경험치가 오릅니다.]×11
[전쟁 공헌도가 오릅니다.]×11

그제야 공헌도와 경험치를 살펴보는 무혁.

"오, 경험치가 상당한데?"

"그래? 많이 줘?"

"어, 몬스터 사냥보다 더 나아."

"와, 진짜야, 오빠?"

"오우, 대박이네!"

무혁의 말에 성민우가 정령에게 공격을 명령했다. 예린 역시 다람쥐를 침투시켰다. 무혁도 가만히 있을 수 없었다. 메이지에게 두 번째 마법을, 기마궁수에게는 파워 샷을 지시했다.

쾅, 콰아아앙!

방금 전보다 더 많은 이가 죽어 나갔다. 경험치도, 공헌도도 평소에 비할 수 없이 빠르게 솟구친다. 그러나 흥분하지 않고 침착하게 내부 상황을 면밀하게 파악했다.

숫자가 상당히 줄었어.

그러나 아직은 위험했다.

"쿨타임 돌아오면 한 번만 더 치고 들어가자."

"응!"

가만히 기다리는 사이.

"크아아악!"

다시금 포르마 대륙 유저가 밀리기 시작한다.

"쿨타임은?"

"돌아왔어."

"시작하자고."

다시 한번 공격을 퍼부었다.

쾅, 콰과과과광!

이후 아머기마병을 정문으로 먼저 보냈다.

"우리도 이제 가보자고."

성민우, 예린, 김지연, 그리고 도란. 마지막으로 무혁.

그들이 소도시의 입구로 향했다.

본인도 모르게 바짓자락을 움켜쥐는 장길한.

"허업……!"

VR을 통해 두 눈에 즉시 주입되는 장면들은 긴장감의 연속이었다. 스켈레톤을 단순히 지휘만 하는 것이 아니라 무혁 본인이 직접 단검을 들고서 적진을 휘저어버렸는데 그 움직임에 현혹된 것이다. 소환수의 뒤에 숨어 적들의 공격에 피해를 입지 않는 건 그리 놀랍지 않았다.

조폭 네크로맨서라면 누구나 저렇게 행동하니까.

하지만 이후, 틈을 노리며 나아가는 재빠른 모습. 날아드는 화살을 피하는 현란한 움직임. 순식간에 적대 유저와의 거리를 좁히는 스킬. 깔끔한 마무리까지.

일련의 동작들은 간결했으나 파괴적이었다.

"우와아……."

멍하니 VR 화면에 집중한다. 시시때때로 탄성을 흘리고. 또 흠칫거린다.

"큽?"

정신을 차리니 무혁이 포위를 당해버린 상황.

어, 언제?

사방에서 공격이 뻗어 나온다.

이건 못 피해!

예상대로 무혁은 피하지 못했다. 방패를 들어 전방을 막아내긴 했지만 좌우 측, 그리고 후방의 공격에는 고스란히 노출된 것이다.

"아……."

아쉬운 탄성이 뱉어졌다.

-미친, 죽은 거임?

-허얼. 진짜 집중해서 보고 있었는데…….

-아, 이래서 전쟁이 위험한 거임. 랭킹 2위도 저렇게 죽을 수 있다는 거. 진짜 한 손이 열 손은 못 당한다니까.

-열 손은 이미 감당한 듯.

-그럼 백 손 못 당하는 걸로 수정하죠, 뭐.

-살아 있을 가능성은요?

-폭발이 너무 컸어요.ㅠㅠ

-맞음. 웬만한 탱커도 저기선 절대 못 살아나올 거임.

-아쉽네요, 진짜 짱이었는데…….

-스켈레톤을 좀 더 활용하지. 왜 직접 움직여서는…….

투덜거림이 채팅창에 올라온다.

"빌어먹을."

장길한 역시 방청자와 비슷한 생각이었다.

좀만 쉽게 가지.

재밌었는데 그 재미가 한순간 사라진 사실이 너무 안타까웠다. 짜증이 덕지덕지 묻은 표정으로 VR를 벗기 위해 손을 올리는 순간이었다.

후우웅.

먼지가 갑자기 사방으로 흩어졌다.

그리고 나타난 그림자.

무혁은 멀쩡했고 어느새 몇 마리의 스켈레톤들이 그런 무혁을 호위하는 형국이었다.

"어어……!"

놀란 장길한이 다시 VR을 고쳐서 썼다.

-허얼, 대박. 언제 저렇게 포위를……?

-와, 그 공격을 버텨낸 것도 대단하고. 그사이에 적대 유저들 찢어놓은 것도 놀랍고. 게다가 못 나오게 포위하고 있는 것도 정말 신기하네요.

-실력의 차이가, 워후……!

방청자들의 말, 그대로였다.

무혁은 죽지 않았고 오히려 위기를 기회로 바꾸어 적대 유저를 모두 갈기갈기 찢어놓았다. 거대했던 규모의 적대 유저가 이제는 상대하기 쉬운 작은 규모로 나뉜 것이다.

-흐음, 이제 시작해 볼까.

그 순간 무혁이 홀로 중얼거리면서 움직였다.

파밧.

정면에 위치한 첫 번째 그룹의 내부로 뛰어든 무혁이 홀로 적대 유저를 학살하기 시작했다.

위험이 감지되는 순간 부르탄의 기파가 적대 유저를 휩쓸었다.

비틀대는 유저들 가운데, 사제로 추정되는 이에게로 접근하여 단검을 뻗었다.

풍폭, 십자 베기.

단검이긴 하지만 대미지는 제대로였다.

[3,197의 대미지를 입힙니다.]

[속성 타격(383)이 발동합니다.]

[5,754의 추가 대미지를 입힙니다.]

[속성 타격(690)이 발동합니다.]

겨우 한 번의 공격. 풍폭은 물론이고 속성 타격까지 터지면서 네 번의 대미지가 들어갔다.

총 피해량은 무려 1만하고도 24.

일반적인 유저라면 경악할 수치였다. 지금 공격을 당한 적대 유저도 마찬가지인지 눈이 커졌고 이어지는 공격에 죽어버리고 말았다.

[지식(0.0218)이 상승합니다.]

경험치와 전쟁 공헌도. 그리고, 스탯을 습득했다.

다음 무혁은 곧바로 몸을 틀었다.

풍폭, 파괴자의 돌진.

궁수로 보이는 자에게 접근함과 동시에 반대쪽에는 뼈 화살을 날려서 견제했다. 시야 공유 덕분에 뒤쪽과 측면에서 오는 공격까지 모두 파악이 가능했다. 마침 옆에서 날아드는 검날이 보였다. 고개를 숙여 피하면서 아머기마병 두 마리에게 지시를 내렸다.

돌진.

해당 유저를 가볍게 뒤로 날려 보냈다. 더 이상의 방해꾼은 없었다. 궁수 유저를 처참하게 압도했고.

[체력(0.0218)이 상승합니다.]

스탯을 다시 한번 빼어왔다.

수치는 적었지만. 쌓이고 쌓이다 보면 스탯의 상승으로 이어지리라. 그렇기에 멈추지 않았다.

백마군의 붉은 단검으로 적대 유저를 죽이고, 죽이고, 또 죽였다.

"후아."

첫 번째 그룹을 모두 처리한 후 오른쪽에 위치한 두 번째 그룹으로 향했다. 스켈레톤 다수가 적대 유저를 막아내면서 간간이 공격을 가하여 체력을 충분히 빼놓은 상황이었다.

"이 새끼들, 왜 이렇게 안 죽어!"

"돌겠네, 진짜!"

"저기, 날아다니는 것부터 치워 보라고!"

"너무 빠른 걸 어쩌라고!"

HP가 줄어들 때마다 암흑 치유의 정령이 날아들어 손실을 복구했으니 얼마나 짜증이 날까.

여긴 이제 됐고.

무혁은 다른 그룹으로 치유의 정령과 일부 스켈레톤을 보냈다.

부르탄, 기파.

비틀거리는 유저에게로 쇄도한다.

서걱, 푸욱.

혼란에 빠진 적대 유저를 죽여 나갔다.

[지혜(0.0218)가 상승합니다.]

[힘(0.0218)이 상승합니다.]

[민첩……]

오랜만에 느끼는 쏠쏠한 재미였다. 물론 스켈레톤만 적대 유저를 포위한 건 아니었다. 포르마 대륙의 유저들 역시 소규모로 나뉜 카이온 대륙 유저를 포위했다. 덕분에 무리하지 않고서 여유롭게 조금씩, 처리해나갈 수 있었다.

"이 새끼……!"

이번 그룹에 속한 한 명의 유저는 꽤나 다혈질이었다. 입이 특히 거칠었다.

"다시 살아나면 너만 노린다, 무조건!"

"그러던가."

"이런 개 같은……!"

욕을 뱉는 적대 유저에게 뼈 화살이 날아갔다.

"흡!"

놀란 그가 급히 방패를 꺼내어 막았다.

"야이, 시……!"

다시금 욕을 이어가려는 그에게 아머기마병이 돌진했다. 충격에 비틀거리는 그의 뒤로 어느새 무혁이 위치했다. 뒷목을 노리며 단검을 연속해서 그어버렸다. 당황한 적대 유저가 몸을 돌렸지만 보법을 활용해 반대 방향으로 따라갔다. 덕분에 무혁은 사내의 뒤에서 떨어지지 않았다. 그저 끝없이 단검으로 공격을 가할 뿐이었다.

"그, 그만……!"

당하는 사내의 표정이 일그러진다.

[1,219의 대미지를 입습니다.]

[146의 대미지를 입습니다.]

[2,155의 대미지를 입습니다.]

[258의 대미지를 입습니다.]

…….

어느새 바닥에 가까워진 HP.

미친, 뭐냐고!

한 번의 공격에 메시지가 무려 네 번이나 떠올랐다.

순수 대미지 한 번. 해당 대미지에 대한 속성 타격이 한 번. 풍폭 대미지 한 번. 거기에 대한 속성 타격이 또 한 번.

단검 한 번에 네 번이나 HP가 깎여 버리니 심적으로 압박이 될 것이 분명했다. 두 번만 휘둘러도 여덟 번, 세 번이면 무려 12번일 테니까. 본래라면 지금 정도에 힐이 들어왔겠지만 사제는 이미 모두 죽어버린 상태였다.

"제, 제발……!"

현재 지닌 생명력이 마지막이었다.

여기서 죽으면?

24시간을 접속하지 못한다. 그 페널티는 무섭다. 그 사실을 알기에 더욱 겁이 났다.

"흐음."

하지만 무혁은 봐줄 이유가 없었다. 이것은 전쟁이었고 그리고 게임이었다. 남들보다 강해지기 위해 노력해왔고 그 결과가 이것이다. 무혁이 눈앞의 상대보다 약했다면 결국 죽는 건 무혁이었을 것이다.

서걱.

다시 한번 단검을 그어버리는 순간, 사내가 희미해졌다.

[체력(0.0218)이 상승합니다.]

이번에도 무혁보다 레벨이 낮았다.

하긴, 랭킹 2위니까.

무혁보다 높은 레벨의 유저는 겨우 한 명. 동일한 레벨을 지닌 이들 역시 이 드넓은 일루전의 세계에서 겨우 백여 명 남짓이었다. 결국 기대 수치는 0.0218. 약 50명을 죽여야 스탯 1개가 오르는 것이다.

힘든 여정이겠지만 그래도 스탯을 올릴 수 있다는 게 어디인가. 게다가 전쟁은 그 길을 크게 단축시켜 주리라.

스윽.

무혁은 고개를 돌려 또 다른 먹잇감을 눈에 담았다.

윈드 스텝.

아머나이트 세 마리의 방패에 막혀 제대로 움직이지 못하는 적대 유저. 그에게 다가가며 단검을 내질렀다.

마지막으로 남은 그룹. 대략 11명의 적대 유저를 스켈레톤 50여 마리가 포위한 상태다.

"로그아웃도 안 된다고!"

"미치겠네, 진짜……!"

당연하다. 지금 이 마을 자체에 숭고한 전투 주문서를 사용한 상태였으니까.

곧이어 다른 그룹을 처리한 무혁이 다가왔다.

"여기가 마지막 그룹이지?"

"어, 맞아."

뒤쪽에서 따라온 성민우가 고개를 끄덕였다.

"후, 끝내고 좀 쉬자."

"오케이."

이후 단검을 들고 움직이는 무혁.

"한 명."

순식간에 사제를 처리한 후 방향을 틀었다.

다시 한 명.

정말 허무하게 유저들이 죽어버린다.

"허어……."

적대 유저는 이 상황이 당황스러울 뿐이었다.

이게, 2위……!

진정한 랭커의 실력에 소름이 돋았다. 스켈레톤을 제외하고서도, 무혁 본인의 실력 자체가 뛰어났다. 정신을 차려보니 어느새 5명이 죽어버린 상황. 남은 이들은 저항을 포기한 채 죽음을 기다렸다. 그들에게로 나아가던 무혁이 순간 미소를 짓더니 낮게 읊조렸다.

"오오, 힘이 증가했는데?"

당연히 스탯이 상승했다는 소리였다.

알아들은 성민우가 장난을 쳤다.

"불끈불끈?"

"그래, 불끈불끈."

일루전TV가 다시 한번 뜨거워졌다.

확실히 상황에 어울리지 않는 말이었다.

-에? 무혁 님, 설파 사패…….?

-사패가 뭐예요?

-사이코패스요 ㄷㄷ

-ㅋㅋㅋㅋㅋ어울리네요. 유저 죽이더니 갑자기 오, 힘이 증가해! 라고 말하는 건 분명히 제정신은 아닌 거겠죠?

-유저 죽이니까 기운이 난다는 거잖아요?

-다, 당황스럽습니다!

-사패맞네요, 사패!

-게다가 진짜 즐거운 듯이 웃었음…….

-불끈불끈이라니ㅋㅋㅋ

-으으, 무, 무서워.

-우리 무혁 님, 그런 사람 아니라고요! 저 단검이 특수한 걸로 알고 있거든요!

-직접 봤잖아요. 저 미소.

-그, 그래도 아니에요!

-그럼 소패로 하죠.

-소패?

-소시오패스요ㅋㅋㅋ

이상한 오해를 받는 상황에서도 무혁은 단검을 휘두른다.

서걱.

남은 이들을 죽여 나간다.

-표정 봐요…… ㅠㅠ

-저, 저거 지금 웃는 거 맞죠?

-개무섭다 ㄷㄷ

-앞으로 무혁 님한테 까불면 안 됨.

-하긴, 무혁 님이랑 시비 붙은 유저는 하나같이 다 패망했었죠.

-맞네요, 길드도 그랬고…….

-허허.

-이번 전쟁도 마찬가지 되는 각?

-오, 그럴지도?

-카이온 대륙 유저들, 긴장 좀 해야겠는데ㅋㅋ

-크, 멋있다. 짓밟아버리세요, 그냥!

-맞아. 어차피 우리 대륙 쳐들어온 거잖아요? 다 처참하게 뭉개주세요!

-죽여 버려!

-여기도 사패가 많은 듯……!

-그래, 사패라도 좋다!

그렇게, 첫 번째 전투를 압승으로 끝냈다.

휴식을 취하는 사이 기사가 소도시 내의 영주성에 깃발을 꽂았다. 이후 병사들을 데리고 와서 성벽에 경계를 서도록 했다. 조금 기다리니 다른 용병들이 왔다. 그들이 합류한 덕분에 죽어버린 유저가 꽤 많았음에도 티가 나지 않았다. 아니, 오히려 전보다 더 늘어난 것 같았다. 자연스럽게 기세가 피어올랐고 기사는 그 분위기를 제대로 읽어냈다.

"아직도 빼앗긴 마을과 소도시가 많습니다!"

기세를 더욱 끌어올려야 한다. 그 기세 그대로, 돌진해서 빼앗긴 다른 마을을 탈환하는 것이 최우선 과제였다.

"이곳에서 5㎞ 거리에 위치한 작은 마을부터 탈환하겠습니다!"

"오오!"

"바로 출발하겠습니다!"

다들 조폭 네크로맨서가 소환한 군마를 타고 북서쪽 방향으로 나아갔다. 선두에 위치한 기사가 안내했기에 길을 잃어버릴 염려는 없었다.

그리 멀지 않은 거리. 벌써 저 멀리 작은 마을이 눈에 들어온다.

"저기입니다!"
기사와 유저들이 속도를 높였다.
생각보다 작은데?
직전 전투보다 수월할 것 같았다.
그래도 방심은 금물이지.
목적지에 도달했을 즈음 유저들이 마을 내부로 침투했다. 무혁과 동료는 일정 거리에서 더 이상 들어가지 않았다.
"오빠, 먼저 살펴볼 거지?"
"그래야지."
군마에서 내린 후 스컬 스네이크로 내부를 보냈다.
"어때?"
용병 유저들이 거의 압도하고 있었다.
"쉬운데?"
"그래? 그럼 어서 가서 기여도 높여야지!"
성민우가 정령과 함께 달려 나갔다.
어?
그 순간 마을 뒷문에서 일단의 무리가 등장했다.
정확하게 15명. 은은한 붉은빛을 뿜고 있었기에 한눈에 적대 유저라는 걸 알 수 있었다. 문제는 그들의 태도였다. 분명 불리한 상황임에도 불구하고 망설임 없이 거리를 좁히는 모습.
자신감인가? 어디서 기인한 것일까.
그 부분이 걸렸다.
상위 랭커?

그 순간 등장한 15명의 유저에게서 푸른빛이 뿜어졌다.

범위 버프……!

이후 달리기 시작하는데 움직임은 그리 빠르지 않았다.

신체 능력 상승은 아니고.

그에 아군 유저들이 피식하고 웃었다.

"뭐야, 저 새끼들은?"

"그냥 죽여!"

전면에 위치한 세 명의 탱커 유저에게로 각종 공격이 쏟아졌다. 직후 근접 유저들이 거리를 좁히더니 각자의 무기를 휘둘렀다. 그중엔 성민우도 있었는데 정령과 함께 연계 공격을 이어가던 그의 표정이 순간 일그러졌다.

"미친……?"

대미지가 너무 낮게 박힌 탓이었다.

급히 물러나는 성민우.

거리를 더욱 벌려서 무혁에게로 돌아왔다.

"야, 저 새끼들 장난 아니야."

"왜?"

"공격 한 번에 대미지가 30 정도밖에 안 박혀."

"30……?"

"어, 이게 말이 되냐?"

스킬을 안 쓴 건가? 물론 그래도 말은 안 되지만.

"스킬은?"

"당연히 썼지!"

그럼 정말로 이해할 수 없는 수치다.

3,000도 아니고 300도 아니고. 겨우 30이라니.

미간을 찌푸린 무혁이 메이지를 쳐다봤다.

마법 공격.

하늘을 채운 무수한 마법들.

쾅, 콰과과광!

15명의 적대 유저에게 정확하게 내리꽂혔다.

[아머메이지1이 23의 대미지를 입힙니다.]

[아머메이지2가 22의 대미지를 입힙니다.]

[아머메이지3이…….]

무혁의 표정은 어두웠다. 일반 메이지의 대미지는 그보다 훨씬 낮았다. 10을 겨우 넘는 수준.

아머메이지 22마리의 총합 대미지가 겨우 500 정도였고 일반 메이지 19마리의 총합 대미지가 겨우 200 남짓이었다. 합쳐 봐야 겨우 700가량. 그 정도 피해는 사제의 힐 한 번이면 모두 무위로 돌아가리라.

"허어."

무혁의 반응에 성민우가 물어왔다.

"대미지 안 들어가지?"

"어."

"버그는 아닐 테고."

"버그 없는 게임이잖아."

"쩝."

아무래도 사기적인 스킬이 있는 모양이었다.

저 푸른 빛 때문인가?

의문이 든다면 확인하면 그만.

풍폭, 유도화살.

무혁 본인이 직접 시위에 화살을 걸었다. 강력한 활쏘기와 정신감응, 두 개의 스킬을 조합하여 만든 스킬이었는데 지금까지는 딱히 사용할 곳이 없어서 쓰지 않았었다.

하지만 유저를 상대하게 된다면 이야기가 달라진다.

아주 유용해지지.

벌써 시야로 경로가 그려졌다.

목표물 조준.

가장 후방에 위치한 신관을 노리며 시위를 놓았다.

파앙!

쏘아진 화살이 강한 기운을 머금은 채 적대 유저의 머리 위를 지나쳤다. 아무도 신경 쓰지 않는 사이, 화살이 갑자기 궤도를 틀었다. 그게 반원을 그리더니 목표했던 신관의 등에 제대로 꽂혔다.

[31의 대미지를 입힙니다.]

[속성 타격(3)이 발동합니다.]

[55의 추가 대미지를 입힙니다.]

[속성 타격(6)이 발동합니다.]

방패로 막지 않았음에도 대미지량이 미미했다.

피해를 아예 흩어버리는 건가? 아니, 그건 말이 안 되고. 그러면 뭐지?

무혁은 기마궁수 전원에게 파워샷과 멀티샷 스킬을 사용하도록 명령했다. 곡선을 그리며 정면으로 뻗어 나가는 뼈 화살들. 전방에 위치하고 있던 세 명의 탱커 유저가 방패로 그것들을 막아낸다.

캉, 카각.

뼈 화살은 힘을 잃고 바닥으로 떨어졌다.

흐음.

미미한 대미지를 입혔다는 메시지를 꼼꼼하게 살폈다. 동시에 적대 유저를 시야 공유 스킬로 주시했다.

어……?

그 순간 특이한 부분을 발견했다.

범위?

사제가 탱커 세 명에게 집중하지 않고 전체 유저에게 신경을 쓰고 있었던 것이다. 뒤이어 사용하는 치유마법 역시 개인이 아니라 범위였다. 조금 더 지켜보니 확실히 범위 치유 마법을 주로 사용했다.

아……!

그제야 저 스킬의 정체를 깨달았다.

피해를 나눠 받는 거였구나.

가능성을 넘어서 거의 확신하는 수준이었다.

그렇다면……?

저걸 깨뜨릴 방법을 고민하는 무혁.

이윽고 그의 눈이 빛났다. 가끔은 단순한 게 답이 될 때가 있는 법이다.

"알아냈어."

"어?"

"저거 어떻게 해야 할지 알겠다고."

"진짜?"

성민우가 놀라며 눈을 떴다. 예린과 도란도 마찬가지.

김지연 역시 표현은 안 했지만 기대가 서린 표정이었다.

"어, 몇 번 공격하면서 파악했는데, 아무래도 피해를 나눠서 받는 특이한 스킬을 사용하고 있는 모양이더라고."

"피해를 나눠 받아?"

"허얼, 완전 사기잖아!"

"사기지."

"어쩌냐, 그럼?"

"간단해."

"응?"

"저기 15명이 감당하지 못할 수준의 피해를 입히면 되는 거지."

순간 멍해지는 동료들.

"큭."

성민우가 가장 먼저 웃었다.

"그러네. 간단하네?"

"그럼."

"바로 가서 쏟아부어?"

"아직, 쿨타임이라서."

무혁은 웃으며 잠시 시간을 보냈다.

쿨타임이 돌아오고.

"됐다. 가자."

"오케이!"

그제야 걸음을 옮겼다.

저들 모두의 HP를 넘어서는 압도적인 피해량. 그를 위해 가장 먼저 아머기마병을 뒤로 물렸다. 이후 무혁이 마을로 들어서자 앞에 있던 유저들이 그를 알아봤다.

"야, 무혁 님이야."

"오오, 오셨네?"

"길 좀 터봐! 무혁 님 오셨다고!"

"저 말도 안 되는 놈들, 다 쓸어버릴 수 있으니까 좀 비켜!"

"옆으로 물러납시다!"

자연스레 갈라지는 유저들. 길이 만들어졌다.

시야 공유를 통해 아머기마병을 확인했다.

충분해.

그들에게 전속력으로 달릴 것을 지시했다.

한편. 카이온 대륙에 속한 적대 유저 15명. 그들을 이끄는 제임스는 전장의 지휘관이라는 숨겨진 직업을 지닌 자였다.

그가 스킬을 적용시킬 수 있는 숫자의 한계가 본인을 포함하여 딱 15명이었기에 지금의 인원으로 참가하게 되었다.

길드에서도 최상위에 속한 실력자들만이 모였으니 상대가 몇 명이든, 누구든 절대 질 거라는 생각은 들지 않았다.

"흠?"

저 멀리서 마법이 다수 쏟아져도. 뼈 화살이 날아들어도.

"피해는?"

"거의 없습니다!"

"좋아."

무시해도 될 수준이었다.

"혹시 모르니 치유 한 번만."

"네!"

그래도 HP를 풀로 채우는 게 좋았기에 간간이 범위 치유 마법을 사용했다. 덕분에 여전히 전력인 상태로 포르마 대륙의 용병 유저를 몰아칠 수 있었다.

"우리도 반격해야지?"

"물론이죠!"

"가자고."

그때 한 명의 궁수 유저가 활을 꺼냈다.

"저부터 하겠습니다."

"좋지."

전장의 지휘관, 제임스.

그가 손을 휘젓자 보랏빛이 궁수 유저에게 집중된다.

"갑니다!"

이윽고 다섯 대의 화살을 시위에 걸고 날렸다.

파바방!

뻗어 나간 화살들.

"겨우 화살 따위!"

전면에 있던 도적 유저가 방패를 내밀었다.

카앙!

두 대의 화살이 방패를 가격한다.

이제 내가 반격을……!

생각하며 방패를 치우려는 순간.

[8,300의 대미지를 입습니다.]

[8,300의 대미지를 입습니다.]

말도 안 되는 대미지에 몸이 굳었다.

뭐야……?

방패로 막았다. 그것도 충격을 65퍼센트나 흡수해 주는 뛰어난 방패였다. 즉, 그가 받은 피해는 겨우 35퍼센트 수준인 것이다. 그럼에도 불구하고 겨우 두 대의 화살에 16,600이라는 HP가 깎여 나갔다.

말도 안 돼!

도대체 본래 대미지가 얼마란 말인가.

이건 사기라고!

크게 외치고 싶었지만 이미 캐릭터는 희미하게 사라지고 있었다. 그때 궁수 유저가 다시 화살을 날렸다. 이번에는 한 대의 화살이 하늘 높이 솟구치더니 화염을 발산하며 아래로 떨어졌다. 이윽고 불덩어리로 변하더니 일정 범위에 내리꽂혔다.

[적대 유저 '칼란'을 처리했습니다.]

[적대 유저 '빛나는 힘'을 처리했습니다.]

[적대 유저…….]

해당 공간에 있던 유저 십여 명이 사라졌다. 겨우 한 번의 스킬에.

"뭐, 뭐야……!"

놀라는 포르마 대륙 유저를 뒤로한 채 궁수 유저가 흡족한 듯 웃었다.

"해치웠습니다."

"잘했어."

제임스가 가볍게 고개를 끄덕였다.

뭐, 당연하지.

피해를 전부가 나눠 가지는 효용만 있는 것이 아니었으니까.

스킬 범위 안에 있는 모든 유저의 공격력을 한 명에게만 몰아줄 수도 있는 것이었다.

"미친, 이거 뭐 어쩌란 건데!"

"전부 스킬 난사하라고!"

"그래도 안 되니까 문제지, 이 새끼야!"

"그럼 어쩌라고!"

"젠자앙……!"

포르마 대륙 유저가 각종 스킬을 사용했지만 15명을 단번에 죽일 수 있는 파괴력을 지니고 있진 못했다. 그들은 레벨도 높았으며 또한 방어구와 무기까지 뛰어났기에 훨씬 까다로웠다. 범위 회복 마법 두 번에 모든 HP를 채운 제임스가 마법사를 쳐다봤다.

"부탁하지."

"네!"

마법사 유저가 범위 마법을 준비하는 사이.

"어? 저기……!"

갑자기 적대 유저가 길을 터줬다.

뭐지?

저 멀리 달려오는 무언가가 보인다.

"뭔지 확인해 봐."

궁수 유저의 눈이 빛나고.

"기마병입니다."

"기마병?"

"네."
"숫자는?"
"덩치가 큰 놈들이 대략 20마리입니다."
"덩치가 크다면……."
"아무래도 아머기마병인 모양입니다."
"호오."
정확하게 말하자면 아머기마병에서 다시 한번 진화를 거친 강화 아머기마병이었지만 그들이 그런 사실을 알 리는 없었다.
"레벨이 꽤 높은 조폭 네크로맨서가 있는 모양입니다."
"그래, 실력자 몇 명이 모인 모양이군. 그럴 리는 없겠지만 뚫리지 않게 방패로 잘 막아."
"걱정 마십시오!"
결코 놈들을 무시하진 않는다. 속도가 더해진 아머기마병은 꿰뚫는 것에 있어서는 분명 일가견이 있었으니까. 그러나 겨우 저 정도 숫자에 이 스킬이 깨어지리란 생각은 들지 않았다. 다만 만약을 대비하여 조금 더 견고하게 만들 뿐이었다.
스슥.
방패를 지닌 세 명이 자리를 잡고.
두드드드.
그 사이 속도가 한계치까지 도달한 강화 아머기마병이 지척에 도달했다. 더 이상 빨라질 수 없다고 여긴 순간, 갑자기 가속하더니 빛살처럼 뻗어오며 방패를 들이받았다.
쿵, 쿠웅!

무려 21마리가 연이어서 말이다.

[28의 대미지를 입었습니다.]
[28의 대미지를 입었습니다.]
…….

곧바로 일반 기마병이 들이받았고 그사이 강화 아머기마병은 가속찌르기 스킬을 사용했다. 직후 사방에서 아머나이트가 등장해 그들을 포위했다.
피어와 기파가 쏟아지고.
후우웅.
빅 스켈레톤 10마리가 사방에서 주먹을 내리찍었다.

[28의 대미지를 입었습니다.]

끝나지 않는 스킬들. 설인과 포이즌 오우거의 공격.
"뼈 화살입니다!"
"상당한 마법도 날아옵니다!"
쏟아지는 뼈 화살과 하늘을 뒤덮은 마법까지.
"이건 또 뭐야?"
어느새 지면을 누비는 작은 크기의 다람쥐까지. 너무 작아서 공격을 하는 게 힘들었는데 생각보다 대미지가 있어서 절로 미간이 찌푸려졌다.

쾅, 콰과과광!
솟구치는 먼지 속에서도 공격은 날아들었다.
강한 일격!
거기에 간간이 느껴지는 압도적인 흔들림.

[43의 대미지를 입힙니다.]
[속성 타격(5)이 발동합니다.]
[77의 추가 대미지를 입힙니다.]
[속성 타격(9)이 발동합니다.]

무혁의 화살 공격이었다.
퓽폭.
파천궁술, 제3초식 파천사.
"으라차차!"
성민우와 정령의 공격 역시 무시할 수준이 아니었다.
그 모든 것이 쌓인 순간.
"HP가 상당 부분 하락했습니다!"
"범위 회복은?"
"가능합니다!"
"사용해!"
범위 회복이 HP를 회복시켰다. 그러나 아직도 공격이 이어지는 상태다. 게다가 지켜보던 포르마 대륙의 적대 유저까지 가세하자 피해가 더욱 커졌다.

제임스는 그 와중에 생각했다.

도대체 몇 명인 거야!

얼마나 많은 조폭 네크로맨서 유저가 왔기에 이런 압도적인 스펙의 스켈레톤이 이렇게도 많단 말인가.

"조폭 네크로맨서 유저는?"

"아, 안 보입니다!"

"안 보이다니!"

"아무래도 무리에 숨어 있는 것 같습니다!"

"젠장. 범위 마법 순서대로 난사해!"

"예!"

어딘가에 있을 조폭 네크로맨서 유저. 놈만 처리하면 된다. 그러면 스켈레톤은 자연적으로 사라질 테니까.

"홈센, 너부터!"

홈센 유저에게 빛이 흡수되고 발사된 마법이 전방으로 쏟아졌다.

녹아버린 유저들.

저 중 한 명이라도 조폭 네크로맨서 유저가 있었다면 숫자가 줄어들 것이다. 급히 사방을 확인해 봤지만 변화는 없었다.

"다시!"

제임스가 외쳤고 다음 마법사 유저가 마법을 사용했다. 다시 한번 다수의 유저가 사망했지만 이번에도 사라지는 스켈레톤은 없었다.

젠장, 도대체 어디야!

그때 들려오는 급박한 목소리.

"HP가 다시 절반 아래로 줄어들었습니다."

"회복 마법 사용해!"

다시 차오르는 HP.

하지만 이제 쿨타임으로 인해 치유 마법을 사용할 수 없는 지경에 이르렀다.

"쿨타임 얼마나 남았지?"

"3분 50초입니다!"

"그전에 죽인다."

조폭 네크로맨서 유저만 죽이면 된다.

이번에는 반드시……!

그 순간이었다.

어……?

스켈레톤의 아주 작음 틈으로 한 사람이 보였다.

저 유저는……!

화살을 겨냥하고 있는 그.

파앙!

그가 날린 화살이 미간에 꽂힌다.

[크리티컬이 터집니다.]

[86의 대미지를 입었습니다.]

[10의 대미지를 입었습니다.]

[154의 추가 대미지를 입었습니다.]

[18의 대미지를 입었습니다.]

한 번 맞았을 뿐인데? 왜 네 번이나……! 아니, 그보다 대미지가 왜 이렇게 높은 거지?

괜찮아, 아직은.

그때 유저가 갑자기 검을 그었다.

다가오는 강맹한 기운.

괜찮아, 이 정도는.

[크리티컬이 터집니다.]

[즉사하셨습니다.]

세상이 어두워졌다.

허, 뭐야……!

죽어가면서도 제임스, 그는 한 가지를 깨달았다.

랭킹 2위 유저, 무혁. 그의 힘이 생각보다 더 대단하다는 것을.

이번 전쟁, 쉽지 않겠어.

제6장

탈환

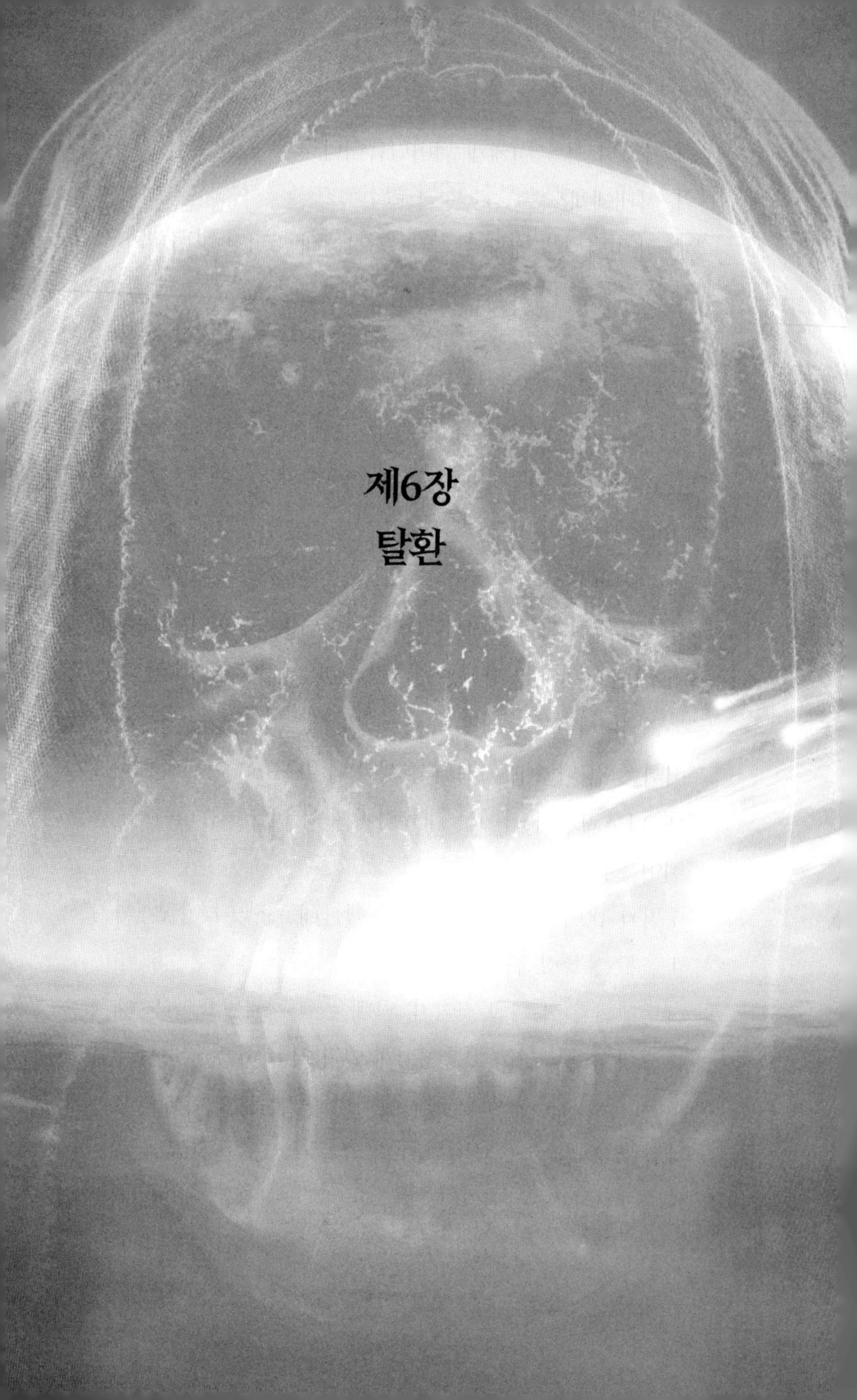

무혁의 입가로 미소가 그려졌다.

"오빠……?"

"야, 뭐야? 어떻게 죽인 거야?"

"아, 운이 좋았어."

"뭔데?"

"백호참 스킬에 즉사 효과가 있는 것 같더라고. 이번에 터진 모양인데?"

"대애박……!"

몬스터 사냥에서도 몇 번 보지 못한 즉사 스킬이 지금 타이밍에 터져 버린 것이다. 그게 아니었더라면 조금 더 복잡하고 어려운 싸움을 했으리라.

아직 끝이 아니지.

24시간이 지나면 지금 죽인 유저들이 다시 접속할 것이다.

물론 카이온 대륙에서.

얼마 지나지 않아 다시 바다를 넘어오리라. 언제고 다시 볼 것 같기는 한데.

그때는 분명 지금보다 더 상황이 어려워질 것이다.

숨은 실력자도 많고 또 기이한 스킬을 지닌 유저도 많다.

완벽한 대비? 있을 수 없는 일이었다. 다만, 확률을 높일 뿐.

제대로 정비를 좀 해야겠어.

지금까지 강화 재료비가 아까워서 머뭇거리던 일을 이젠 실행에 옮겨야 할 때가 온 것 같았다. 스켈레톤이 사용하는 무기와 방패를 적어도 7강까지는 상승시켜야 이번 전쟁에서 보다 더 많은 기여도를 올릴 수 있으리라.

방어구 강화도 시도하고 문양도 다시 구입하기로 했다.

"크, 겨우 처리했네."

"그러게."

"남은 녀석들은?"

"끝내야지."

아직 싸움은 끝나지 않았다.

무혁은 단검을 뽑았다. 이제 남은 적대 유저를 처리하는 건 어렵지 않은 일이었다. 그들의 실력이야 대단했지만 기이한 스킬을 사용하던 자가 죽어버린 탓에 당황한 모양이었다.

행동이 번잡스러웠고 협동이 되지 않았다.

윈드 스텝.

그렇기에 스탯을 올리기에 부족함이 없었다.

[힘(0.0218)이 상승합니다.]

[지식(0.0218)이 상승합니다.]

완벽하게 마무리를 짓고서.

"후, 고생했다."

동료들과 함께 자리를 잡고 앉아 휴식을 취했다.

"그보다 이렇게 좀 탈환하기만 하면 끝인가?"

성민우의 질문에 무혁이 고개를 저었다.

"아니지. 우리가 넘어가겠지. 카이온 대륙으로."

"아……."

"그때를 대비해서라도 정비를 좀 더 해야겠는데?"

"음? 정비?"

"어. 장비 강화도 한 단계 더 높이고 해야지."

"오오……!"

"오빠, 우리 것도?"

"물론."

"꺄아, 최고!"

그러다 문득 한 사람이 떠올랐다.

음, 지금 정도면…….

꽤나 좋은 물건이 나왔을 것 같았다.

[무혁 : 오랜만이에요.]

[반달 : 안녕하세요!]

생각보다 금세 답장이 왔다.

[무혁 : 네, 오랜만이네요. 혹시 문양 교체 가능할까요?]

[반달 : 물론이죠. 안 그래도 쓸 만한 문양들 모아 뒀습니다!]

[무혁 : 오, 고마워요.]

[반달 : 별말씀을요. 무혁 님 덕분에 여유롭게 문양 제작에 열중할 수 있는걸요.]

정말 조금도 변하지 않았다.

좋은 사람이야.

무혁은 웃으며 채팅을 이어갔다.

[무혁 : 그렇게 생각해 주셔서 감사합니다. 지금 현재 제작이 가능한 문양 능력치 수준이랑 가격은 어떻게 되나요?]

[반달 : 단일 스탯은 최고 10까지 가능합니다.]

[무혁 : 단일이요? 그 말씀은……?]

[반달 : 흐흐. 스탯이 2개까지 붙이는 게 가능해졌어요. 2개를 붙이면 각각 최고 5까지 가능합니다!]

이게 사실이라면 고민할 필요도 없었다.

[무혁 : 힘과 체력, 두 개의 스탯이 붙은 걸로 188개. 지식 10개로 132개. 힘만 10개짜리로 130개 구입하겠습니다.]

[반달 : 넵! 지금은 수량이 조금 부족하니까 최대한 만들어 볼게요!]

[무혁 : 고맙습니다. 아, 그리고 가격은 얼마죠?]

[반달 : 현재 지니고 계신 문양 저한테 주시면 개당 15골드면 됩니다!]

[무혁 : 그거면 되겠습니까?]

[반달 : 네! 요즘 스킬 숙련도가 늘어나면서 재료비가 많이 줄었거든요. 무혁 님한테는 최대한 싸게 드리고 싶기도 하고요.]

굳이 말하지 않아도 되는 내용도 전부 말해버린다.

순수한 거겠지.

[무혁 : 그럼 기간은 얼마나 걸릴까요?]

[반달 : 10일이면 충분합니다!]

[무혁 : 알겠습니다. 넉넉하게 2주일 뒤에 제가 구매하러 가겠습니다.]

[반달 : 알겠습니다!]

지닌 문양을 돌려주게 되면 개당 15골드. 총 450개. 전부 하면 무려 6,750골드다.

확실히 큰 액수지만 그 정도 옵션의 문양이라면 결코 돈이 아깝지 않았다. 게다가 힘과 체력의 듀얼이라면 전력 또한 크게 급증하리라. 사실 근접형 스켈레톤은 대미지보다는 조금이라도 더 버텨내는 것이 무혁의 입장에서도 좋았으니까.

기대되는데.

그때 기사가 크게 외쳤다.

"모두 고생하셨습니다!"

그의 표정은 상당히 밝았다.

"이렇게 단기간에 두 곳이나 탈환하게 될 줄은 몰랐습니다. 오늘은 소도시 하나만 더 탈환한 후에 충분히 쉬도록 하겠습니다!"

아마 다시 이동할 모양이었다. 곧이어 기사가 떠났고 유저들은 군마에 탑승한 채 뒤를 따랐다.

"참, 오빠."

"응?"

"기여도 순위 확인했어?"

"아니, 아직."

"오빠 지금 6위던데?"

"6위?"

"응."

사실 1위나 2위 정도는 기대했는데 생각보다는 낮았다.

[전쟁 기여도]

1위. 아르카(4,591점)

2위. 무무(2,612점)

…….

6위. 무혁(2,310점)

생각보다 1위와의 점수 차이가 컸다.

"흠, 뭐지?"

2위와는 비슷했고.

고민을 하고 있는데 예린이 박수를 쳤다.

"아, 혹시 그런 거 아닐까?"

"뭐?"

"그 병사들을 지휘한다든가."

"아……."

충분히 가능성이 있었다.

"너도 가능하잖아, 귀족이니까."

"가능하지."

"그럼 기여도 금방 올리겠는데?"

"그렇긴 한데, 한동안은 용병으로 지내려고."

"응? 왜?"

"스탯 올려야지."

무혁이 단검을 들어 보이며 웃었다.

"아아."

"자, 순위는 신경 쓰지 말자고, 일단은."

"오케이!"

충분히 휴식을 취한 후 다음 목적지로 향했다. 소도시로 향하는 가운데, 작은 마을에 꽂힌 카이온 대륙의 깃발을 발견했다. 어차피 저곳도 탈환해야 할 지역 중 한 곳이었기에 머뭇거리지 않았다.

"저 깃발을 내려라!"

기사의 명령에 용병들이 나아갔다.

다시 시작된 전투가 우연히 방송에 잡혔다.

전쟁이라는 요소는 많은 이를 자극한다. 거대한 이슈인 것이다. 지금 각종 TV 프로그램에서도 일루전의 전쟁을 화면에 담고 있었다.

"보이시나요, 여러분?"

일루전의 세계. 그곳의 MC인 유라가 화면을 직시하며 입을 열었다.

"카이온 대륙의 용병과 주민들이 포르마 대륙으로 내려왔습니다. 그것으로도 모자라서 지금, 제 눈앞에 있는 포르마 대륙의 작은 마을을 무너트리고 있습니다."

"정말 처참한 상황인데요."

옆에 있던 남성 MC가 말을 거들었다.

"맞아요. 유저는 모르겠지만 주민들은 한번 죽으면 정말로 죽는 거니까요."

"으음."

유라의 눈동자가 차갑게 가라앉는다.

"조금 더 접근해 보겠습니다."

"가보죠."

위험을 무릅쓰고 촬영에 임한다. 그러나 유라는 지금 이런 상황이 마음에 들지 않았다.

싸우고 싶어.

강단이 있는 성격인 터라, 당장에라도 전투에 참여하고 싶었기 때문이다. 하지만 일은 일, 취미는 취미였기에 분노를 억누르고 걸음을 내디뎠다.

“크게 밀리는데요?”

“다행히 주민들이 후퇴를 택했습니다.”

“죽는 건, 면할 수 있겠네요.”

“네, 게임이긴 하지만 포르마 대륙의 유저로서 상당히 화가 나네요.”

유라의 표정에 이미 그런 심정이 충분히 나타나 있었다.

그 때문일까.

프로그램을 시청하는 이들 역시 공감했다.

-아, 빌어먹을 카이온 대륙 새끼들!

-진짜 열 받는다, 죽여 버리자고!

-저 당장 접속해서 없애버리러 갑니다.

-저도요!

-전 유라 님 좀만 더 보고……!

-으으, 분노를 키우자!

-키우고 키워서 한 방에 터뜨리자고요.

-저랑 파티 하실 분?

-전 이미 용병으로 참전해서…….

-엥, 근데 왜 여기 있음?

-죽었어요. 내일 접속 가능ㅠㅠ

-아, 짜증 나실 듯.

프로그램 사이트에 실시간으로 올라오는 많은 글이 그 중 거였다.

"마을이 빼앗겼습니다."

"깃발이 올라갔네요."

"네, 카이온 대륙의 문양이죠."

분위기가 차악 가라앉은 시점.

"어……?

남성 MC가 무언가를 보더니 놀란 표정을 지었다.

"왜 그러세요?"

"저기요."

유라가 따라서 시선을 옮겼고 다가오는 일단의 무리를 발견했다.

급히 옮겨지는 화면.

"포르마 대륙의 깃발인데요?"

"아……!"

유라의 눈에 기대가 서린다. 그 기대감이 현실이 되었다.

콰아앙!

압도적인 힘으로 입구를 가로막고 있던 카이온 대륙의 유저를 쓸어버린 것이다.

"따, 따라가!"

유라와 남성 MC가 급히 전투가 벌어지는 곳으로 접근했다. 거대한 폭음이 연이어서 터졌지만 아직 거리가 있어서 위험이 되진 않았다. 아니, 설사 위험하더라도 접근을 망설이지 않았으리라.

"보이십니까!"

"압도적입니다, 압도적!"

그 단어보다 더 정확한 건 없을 것이다.

"크어어억!"

콰, 콰아앙!

순식간에 마을을 탈환하더니 카이온 대륙의 깃발이 부서졌다.

쿠웅.

그 자리를 대신 차지한 포르마 대륙의 깃발.

묘한 승리감에 도취되었다.

그런 유라의 시야로 낯익은 사내가 들어온다.

무혁. 분명히 그였다. 묘한 감정을 지니게 만들었던 사내. 그러나 성격이 맞지 않아 자연스럽게 멀어졌던 사내.

이젠 편안한 표정으로 그에게 다가갔다.

"오랜만이에요."

"음?"

고개를 돌린 무혁이 놀란 표정을 짓는다. 그 뒤로 반가움이 서린 시선으로 웃으며 고개를 끄덕였다.

"그러게요."

"여기서 보게 될 줄은 몰랐어요."

"저도요."

"아, 민우 씨도 오랜만이죠?"

"하하, 네."

유라가 뒤이어 예린과 김지연을 쳐다봤다.

"안녕하세요?"

"아, 네."

무혁이 예린에게 살짝 붙었다.

"여자 친구예요."

"안녕하세요, 일루전의 세계 엄청 재밌게 보고 있어요!"

"어머, 정말요? 고마워요."

기이한 분위기가 둘 사이로 스친다.

그것도 잠시. 유라가 부드럽게 웃었다.

"잘 어울려요."

"아, 고맙습니다."

"전 촬영 중이라 다시 가볼게요."

"네."

"참, 좋은 소재 있으면 알죠? 연락 주세요. 예전에 무혁 씨가 나왔을 때는 시청률이 정말 좋았거든요. 요즘은 영 그렇게 안 나와서요."

"그래요? 페이는 두둑하겠죠?"

"그럼요."

"괜찮은 퀘스트나 좋은 상황이 오면 연락드릴게요."
"네, 기대할게요."
그제야 유라가 떠났고 예린이 눈을 가늘게 뜬 채 무혁에게 붙었다.
"오빠."
"응?"
"예전에 나 일루전의 세계 봤었는데."
"어어, 그래?"
"응, 그때 오빠가 유라 님 구해주는 것도 봤었고."
"그랬던가."
"그럼, 얼마나 멋있었는데."
무혁은 어색하게 웃을 수밖에 없었다.
그걸 뭐라고 설명해.
잠깐 썸 탔다고 말할 수도 없었으니까.
속마음을 깊숙이 누른 채 예린의 손을 잡았다.
"뭐, 내가 좀 멋있지."
"치이."
오랜만에 만난 유라는 생각보다 편했다.
일루전의 세계도 괜찮았지.
어려운 시기 금전적으로 도움이 컸으니까.
나쁘지 않은 기억이었다.
"모두 고생했습니다."
들려오는 기사의 목소리에 잡념을 지웠다.

"휴식 없이 바로 빼앗긴 소도시로 이동하겠습니다. 이곳은 지나오는 과정에서 탈환하게 된 곳이니만큼 조금만 더 힘을 내주시길 바랍니다."

용병들이 고개를 끄덕였다.

"기여도 올리고 좋지, 뭐."

"전투도 재밌고."

생각보다 분위기가 나쁘지 않았다.

"그럼 출발하겠습니다."

진짜 목적지인 소도시로 나아갔다.

무혁이 방송하는 일루전TV는 또 그것대로 대박이 터졌다.

-와, 무혁 님. 유라 님하고도 아는 사이였네요?

-겁나 예쁘다……!

-여신이네요, 진짜.

-예린 님이 더 이쁘거든요?

-둘 다 이쁨!

-다 갖고 싶다…….

-망상 사절요.

-아무튼 갑자기 눈 호강했네요

-아, 좋다.

그로부터 얼마 지나지 않아 진짜 목적지인 소도시에 도착했다.
그곳에서의 전투 역시 순조로웠다.

-역시 우리 무혁 님!
-저 다람쥐랑 정령도 까다롭네요.
-스켈레톤이 최고죠…… ㅋㅋ
-솔직히 스켈레톤한테 포위당한다고 생각만 해도 소름이 돋네요.
-어우…….

오늘의 전투는 여기까지였다.
하지만 본격적인 성장은 지금부터였다.
일단 스켈레톤들의 무구를 모두 회수했다.
"후아."
그리고 망치를 꺼낸 후.
카앙!
강화 노가다를 시작했다.
먼저 강화 아머나이트1부터.
녀석이 쓰던 드레이크의 피를 머금은 장검을 살폈다.
이건 교체하긴 아깝지, 확실히.
다른 녀석들의 무기도 차례대로 확인을 했다.
나쁘지 않아.
대부분의 무기에 체력이나 모든 스탯이 붙어 있었다. 그렇다면 장인의 강화로 옵션을 더 높여주면 생존력에 한층 더 도움이 되리라.

공격력도 무시해선 안 되니까.

비율은 3 대 7. 붉은 점을 3, 푸른 점을 7로 망치를 휘둘렀다.

캉, 카앙!

생각보다 집중하지 않는 무혁.

[강화도가 상승합니다.]

[강화도 : 99.8%]

그 상태로 강화 작업이 막바지에 이르렀다.

[강화도가 상승합니다.]

[강화도 : 100%]

[칭호의 효과로 강화 성공 확률이 상승합니다.]

[장인의 강화에 실패하셨습니다.]

실패의 메시지가 떠올랐다.

출발이 좋은데?

떨어진 강화도.

하지만 이것을 노린 터라 기분은 조금도 나쁘지 않았다.

자, 다시.

그렇게 장검을 3강까지 떨어뜨렸다.

[장인의 강화에 성공하셨습니다.]

정말 대충 작업을 했음에도 불구하고 3강에서 4강으로 성공해 버렸다.

여기까지군.

이젠 집중력을 끌어올릴 차례였다.

더 뛰어난 옵션을 위해서.

캉, 카앙!

그렇게 장검을 7강으로 만드는 순간.

[스킬 '강화'의 레벨이 상승합니다.]

오랜만에 강화 스킬의 레벨이 올라갔다.

"허어."

이건 8강까지 만들라는 소리와 다름이 없었다.

7강은 너무 아쉽다, 이거지?

망치를 조금 더 강하게 쥐며 휘둘렀다.

그래, 해보자고!

재료비로 도대체 얼마가 나가게 될지는 모르겠지만 소환수의 전력을 상승시키기만 한다면, 덩달아 강화 스킬의 레벨을 올려 보다 안정적으로 아이템을 강화할 수만 있게 된다면 지금 사용하는 금액 정도는 머지않아 다시금 벌 수 있으리라.

카앙!
비율은 마찬가지로 3 대 7.

[강화도가 상승합니다.]
[강화도 : 3.9%]

5강까지의 재료비는 크지 않다. 하지만 6강부터는 배로 증가하게 된다.
지금은 8강에 도전하는 상태. 실패하면 상당한 액수의 재료비가 날아가는 상황.
집중, 집중하자……!
강화도가 조금씩 올라간다.
실패는 아직 한 번도 없는 상황.
좋아, 이대로.

[장인의 강화에 성공하셨습니다.]

8강에 올라섰다.
"으라차차!"
기쁨에 절로 환호가 터졌다.
"오빠?"
"오, 성공했냐?"
"어, 성공이야!"

"근데 이제 1개라는 거."
뒤이어진 성민우의 놀림에 무혁의 표정이 굳었다.
"으음……!"
"아직 100개 이상 남았다는 거. 아니, 방패까지 하면 200개가 넘나? 언제 다 강화하냐?"
순간 할 말을 잃은 무혁이었다.
"그러게……?"
"크크큭."
"쩝, 여유 생길 때마다 해야겠네."
그때 예린이 성민우의 옆구리를 푸욱 하고 찔렀다.
"우리 오빠 놀리면 좋아?"
"어, 좋은데?"
성민우가 웃으며 저 멀리 도망쳤다.예린의 기세가 사나운 탓이었다.
"칫."
멀어진 성민우를 뒤로하고 그녀가 무혁의 어깨를 주물렀다.
"오빠, 힘내."
"고맙다."
부드러운 손길에 힘을 내면서 손에 들린 장검을 확인했다.

[드레이크의 피를 머금은 장검+8]

공격력 195+182

모든 스탯 +2(+8)

추가 공격력 +25(+50)

이동속도 5(+15)%

공격속도 5(+15)%

절삭력 증가.

특수 옵션 : 피해 흡수.

내구도 251/340

사용 제한 : 힘75, 민첩55.

[피해 흡수]

6초간 8,730의 대미지를 흡수합니다.

공격력은 조금 아쉬웠지만 모든 다른 옵션의 상승은 충분히 만족스러웠다.

검을 강화 아머나이트1에게 넘겨준 후 강화 아머나이트2가 사용하는 대검을 인벤토리에서 꺼냈다.

체력에 모든 스탯까지.

공격력은 기본이었지만 옵션이 아주 좋았다.

장인의 강화를 사용하니 붉은 점과 푸른 점이 나타났다. 마찬가지로 일부러 강화도를 떨어뜨린 후에 3강부터 다시 시작했다. 강화에 성공할 때마다 체력과 모든 스탯이 늘어났다. 그 재미 덕분에 흐르는 시간조차 잊은 채 작업에 집중할 수 있었다.

[장인의 강화에 성공하셨습니다.]

몇 번 미끄러지긴 했지만 멈추지 않았다.

후, 됐어.

8강을 만들고서야 대검을 넘겼다.

"잘 써라."

강화 아머나이트2가 턱을 부딪쳤다. 마치 그러겠노라고 대답이라도 하는 것처럼 말이다.

벌써 14곳이 넘는 마을과 소도시를 탈환했다.

이번 소도시가 여덟 번째.

[숭고한 전투 주문서가 사용되었습니다.]

[결계가 설치되었습니다.]

[아군을 파악합니다.]

[적군을 파악합니다.]

[한쪽이 몰살될 때까지 결계는 사라지지 않습니다.]

[로그아웃을 시도할 수 없습니다.]

기사가 주문서를 사용하자마자 무혁이 움직였다. 직접 적대 유저를 죽이기 위함이었다.

[3,197의 대미지를 입힙니다.]
[속성 타격(383)이 발동합니다.]
[5,754의 추가 대미지를 입힙니다.]
[속성 타격(690)이 발동합니다.]

그래야 스탯이 오르니까.

[체력(0.0218)이 상승합니다.]

사제 한 명을 죽이는 순간 느껴지는 기세에 급히 몸을 비틀었다.

휘익.

날아온 화살이 어깨를 스쳤다.

[1,181의 대미지를 입었습니다.]
[중독에 걸렸습니다.]
[움직임이 느려집니다.]

완벽하게 피하지 못했다.

"클린 힐!"

마침 뒤쪽에서 김지연이 치유 마법을 걸어줬다.

[중독이 해제됩니다.]

무혁은 희미하게 웃으며 화살을 날린 사내에게 다가갔다.

"마, 막아!"

궁수 유저가 외쳤지만 누구도 그를 위해 움직이지 않았다. 어느새 다가온 스켈레톤들이 주변 유저들을 압박하고 있는 탓이었다.

스윽.

먼저 화살부터 날렸다.

파앙!

쏘아진 화살을 피하기 위해 옆으로 움직였지만 이내 아머나이트에게 가로막히고 말았다. 다시 날아드는 화살을 막기 위해 결국 방패를 꺼내는 궁수 유저.

카가각!

시야가 잠깐 가려진 사이 무혁이 뛰어들었다. 손에 들린 단검을 그었다.

"흡!"

강한 힘에 방패가 흔들렸다. 다시 한번 아래로 내리긋자 버티지 못하고 방패가 처졌다. 드러난 궁수 유저의 얼굴. 뒤이어 그곳에 가는 실선이 생겨났다.

퍼엉!

거대한 폭음과 함께.

"이 새끼가……!"

"그냥 죽어."

무혁은 재차 접근하여 스킬을 사용했다.

빠르게 줄어드는 HP.

결국 버티지 못하고 궁수 유저가 희미해졌다.

[힘(0.0218)이 상승합니다.]

방향을 틀어 다른 유저에게로 나아갔다.

솟구치는 스탯.

흡족하게 웃으며 전투를 마무리했다.

"고생했습니다."

인솔하는 기사가 휴식을 줬다.

"오늘은 여기까지만 하죠."

그에 무혁은 본격적으로 자리를 잡았다.

"오늘도냐?"

"어."

장비를 8강까지 만드는 일은 고되다.

소모되는 시간은 짧아야 20분. 길면 50분에 육박했다. 현재까지 30자루를 8강까지 성공한 상태였다.

지금이 저녁 8시. 4시간 정도 강화에 집중한다면 적어도 다섯 개 이상은 완성되리라. 운이 좋다면 여덟 개 정도.

"예린아, 미안."

"괜찮아. 나도 다람쥐 강화해야 하니까."

"난 쉬어야겠다."

"저, 저두 잠깐 나갔다 올게요."

"그래."

모두 각자의 일을 했다.

무혁도 동료에게 신경을 끄고서 작업에 집중했다.

캉, 카앙!

30분에 걸쳐 8강짜리 장검 하나를 만들었다.

좋아.

다른 검을 강화하려는데 재료가 부족했다. 급히 거래소 시스템에 접속해서 재료를 다량 구입했다. 상당한 골드를 소모한 탓에 아쉬운 마음이 들었지만 이내 고개를 흔들었다.

자, 다시.

강화를 이어가는 무혁.

느리지만 차분하게 성장한다. 한 자루, 한 자루. 이런 것들이 모여 무너지지 않는 성벽이 될 것이다. 결코 쓰러지지 않는 강함으로 이뤄지리라.

"후읍!"

로그아웃을 하기 전까지, 결국 무혁은 일곱 자루의 무기를 8강까지 만드는 것에 성공했다.

전투는 나날이 격해졌다. 카이온 대륙에서 넘어오는 용병들의 수가 계속 늘어난 탓이었다. NPC 병사들까지도.

시간이 지날수록 더 까다로워졌다.

"어? 저놈들은……!"

이번 탈환전에서 만난 카이온 대륙의 적대 유저는 안면이 있는 자였다.

"그 녀석들 맞지?"

"어, 맞네."

"그, 이상한 스킬 사용해서 대미지 줄이던 놈들."

전장의 지휘관, 제임스. 그와 다시금 마주한 것이다.

"찾았다."

마찬가지로 제임스 역시 무혁을 발견했다.

"어디?"

옆에 있던 사내가 제임스의 시선을 따라갔다.

"아, 저놈이야? 무혁이란 놈이?"

"맞아."

"흐음, 그냥 평범해 보이는데."

"얕보다가 훅, 간다."

"아아, 설마 그러겠어? 나도 죽기는 싫다고. 24시간 페널티만 생각하면 그냥 목구멍이 콱하고 막히니까."

"그러니까 제대로 하라고."

"알았어. 너나 조심해. 저번처럼 죽지 말고."

사내의 말에 제임스가 미간을 찌푸렸다.

"쳇."

그때만 생각하면 어이가 없었다.

즉사라니.

지금 생각해도 황당할 지경이었으니 말 다 한 셈이다.

이번엔 절대 안 당한다.

제임스는 표정을 풀고 주변을 살폈다.

지난번, 무혁에게 죽고서 팀을 재편성했다.

베스트 오브 베스트. 가장 뛰어난 16명으로 구성했다.

스킬 레벨도 올랐으니……!

15명에서 16명이 된 상황이다. 겨우 1명이라고 여길지도 모르겠지만 당하는 입장에선 그 한 명이 하나의 벽처럼 느껴질 것이다. 그렇기에 전과는 분명히 다른 결과가 나오리라.

"가자고."

다가오는 적들을 맞이할 차례였다.

제임스를 알아본 무혁이 화살을 날렸다.

파천신궁 제3초식, 파천사.

거기에 풍폭을 곁들였다.

파앙!

화살은 정확하게 제임스에게로 쏘아졌다. 그러나 날아가던 화살은 갑자기 나타난 유저의 방패에 막혀 버렸다.

[16의 대미지를 입힙니다.]

[속성 타격(1)이 발동합니다.]

[28의 추가 대미지를 입힙니다.]

[속성 타격(3)이 발동합니다.]

방패에 막히면서 대미지가 확연하게 줄었다. 아니, 그걸 감안하더라도 전보다 대미지가 훨씬 적게 들어갔다. 그제야 다가오는 그룹의 숫자가 전과 다르다는 걸 깨달았다.

한 명이 늘었어.

그 차이인 모양이었다.

"흐음."

무혁의 미간이 좁혀졌다.

까다로운데.

전처럼 즉사라도 터져준다면 다행이겠지만. 아무래도 이번 전투에서는 그런 요행을 바라기가 어려울 것 같았다.

대비를 했을 테니까.

급히 기사에게 다가갔다.

"주문서는 사용하지 말아주십시오."

"음? 아, 그러겠습니다."

이미 무혁이 귀족임을 알고 있었기에 기사는 거부감 없이 무혁의 의견을 받아들였다.

"그런데 이유가 있습니까?"

"네. 이번 전투, 꽤 어려울 것 같아서요."

"으음……!"

숭고한 전투 주문서를 사용했다가 패하게 되면 도망칠 기회도 버리게 되기 때문에 신중할 필요가 있었다.

"일단 싸워보죠."

"알겠습니다."

기사가 검을 들었다.

"모두 돌격!"

접근하는 용병들을 뒤에서 바라봤다.

"가자아아아!"

"치워 버려!"

"이번에도 가볍게 탈환하자고!"

용병이 제임스 무리와 부딪히기 직전.

돌격.

기마병 전원이 앞으로 향했다. 흙먼지를 뿌리면서 파괴적인 위용을 뽐냈다.

파바바밧.

그러나 다가오는 기마병을 보면서도 제임스와 그 무리는 당황하지 않았다. 무혁 홀로 움직이는 숫자라는 걸 이미 파악했고, 또 그 파괴력 역시 짐작하고 있었기 때문이다.

"칼, 부탁한다."

"걱정 마."

칼이라 불린 자가 선두에 위치했다.

기마병과의 거리가 좁혀지고 약 5미터 앞으로 도착했을 즈음.

"후읍!"

칼이 방패를 지면에 박았다. 쿠웅, 하는 소리와 함께 붉은 빛이 터지더니 사방으로 퍼졌다. 그것은 이내 거대한 방패의 형상을 이뤘다. 그 붉은 기운에 부딪히는 기마병들. 둔탁한 소리와 함께 붉은 방패가 흔들렸다.

[7의 대미지를 입습니다.]
[9의 대미지를 입습니다.]
[6의 …….]

그러나 대미지는 극히 미미했다.
"크큭, 가렵구만?"
칼의 말에 동료 모두 미소를 지었다.
"힐도 필요 없겠어."
뒤이어 쏟아지는 뼈 화살들. 하지만 역시 HP가 거의 줄지 않았다. 그러나 충격이 없는 건 아니었다. 방패 형상을 이루던 붉은빛이 깨어진 것이다.

[14의 대미지를 입습니다.]
[16의 대미지를 입습니다.]

덕분에 HP의 소모가 빨라졌다.
"온다……."
뒤이어 날아드는 마법들. 그러나 여전히 제임스를 비롯한 그들은 조금도 두려워하지 않았다. 대신 칼이 뒤로 빠지고 다른 유저가 앞으로 나섰다.

휘익!

방패를 휘두르자 강한 바람이 불었다. 바람은 막을 형성했고 그 막에 마법들이 부딪혔다. 조금의 피해도 없이 상당한 마법을 막아냈다. 바람의 막이 깨어진 후 제임스를 포함한 유저 전원이 방패를 머리 위로 들어 올렸다.

"그레이트 쉴드."

그 위를 감싸는 또 다른 막.

콰아아앙!

가장 효율적으로 충격을 최소화시켰다.

그런 제임스의 시야로 검을 뽑아 들고 있는 무혁이 들어왔다.

"조심……!"

그러나 이미 무혁의 검은 휘둘러졌고 강한 기운이 날아가고 있었다. 제임스 그룹의 정면에 있던 칼이 눈을 빛내며 방패를 내밀었다.

카가각!

불꽃이 튀며 충격이 몸을 밀어냈다.

[39의 대미지를 입습니다.]

[5의 대미지를 입습니다.]

[70의 추가 대미지를 입습니다.]

[9의 대미지를 입습니다.]

생각보다 피해가 컸다.

"호오……!"

"꽤 아프지?"

어느새 제임스가 칼에게 다가선 상태였다.

"확실히, 얕볼 수가 없겠는데?"

"조심하라고, 특히……."

"알아, 그 즉사."

"그보다 우리도 공격을 해야지."

노리는 자는 무혁. 그러나 움직이려는 순간 아머나이트가 먼저 돌진해 왔다. 기파를 사용해 움직임을 봉쇄하고서.

흐음.

그 틈을 타 무혁은 거리를 벌렸다.

이번에는 안 터졌네.

일단 방패로 막히는 순간 즉사는 0퍼센트가 된다.

막지 못하는 순간을 노려야 돼.

무혁은 거리를 충분히 벌린 후 방향을 틀어 소도시의 측면으로 이동했다. 은밀하게 움직여 담을 넘어선 수 건물의 꼭대기에 위치했다.

백호검법 제 3초식, 백호참.

풍폭.

강한 기운이 뻗어 나가고.

콰앙!

후방을 노린 공격이었기에 막아내지 못했다.

크리티컬이 터집니다.]
[92의 대미지를 입힙니다.]
[속성 타격(11)이 발동합니다.]
[165의 추가 대미지를 입힙니다.]
[속성 타격(19)이 발동합니다.]

덕분에 큰 피해를 줬지만.

흐음.

아쉽게도 즉사 효과를 입히진 못했다.

괜찮아. 천천히 가자고.

어차피 지극히 낮은 확률이었다.

그래도 한 번 정도만 떠주면……!

기세가 바뀌리라.

무혁은 스킬을 난사해 준 후 다시 거리를 벌렸다.

"잡아!"

쫓아오려는 적대 유저의 모습에 메이지들의 두 번째 마법을 사용했다. 결국 방어를 위해 자리에 멈춘 제임스와 그 무리들.

"젠장……!"

그에 무혁이 빙긋, 웃었다.

떨어지지 못하는 무리라.

함께 있을 땐 압도적으로 단단하고 강하다.

확실히, 인정하는 부분이지.

그러나 떨어지지 못하는 무리는 결국 하나와 같다. 그런 성격의 그룹이라면 충분히 제압할 자신이 있었다.

시간은 좀 걸리겠지만 안전한 길이 있다면 그걸 택하는 게 옳았다.

그전에…… 얼마나 달라진 건지는 제대로 확인을 거칠 심산이었지만 말이다.

제임스의 표정이 굳어진다.

"이대로 방어만 할 생각이야?"

"어우, 아니지."

옆에 있던 사내, 유로가 나섰다.

"나한테 몰아봐."

"2초다."

"알았다고."

순간 제임스와 무리를 뒤덮고 있던 빛의 색깔이 변했다. 동시에 유로가 지팡이를 바닥에 내리찍었고 그 충격이 사방으로 퍼졌다.

쩌적, 쩌저적.

거대한 규모의 지진이 발생해 버린 것이다.

"어, 어어……!"

균형을 잡지 못하고 넘어지는 이들이 속출했고 약한 건물 몇 개가 부서지면서 잔해가 아래로 떨어졌다. 비슷한 일이 지면에서도 일어났다. 흔들림을 견디지 못하고 쩍쩍 갈라지면서 일부 지면이 어긋나며 치솟은 것이다.

그 순간 마법과도 같은 일이 발생했다.

그저 크기만 했던 잔해가. 어긋나며 치솟은 지면이.

삭, 사사삭.

순식간에 깎이더니 날카로운 무기로 변해버린 것이다.

"뭐, 뭐야!"

"크읍……!"

뒤이어 빠른 속도로 날아가는 무기들.

아래에서. 그리고 위에서.

퍽, 퍼버벅.

균형을 잃은 탓에 제대로 피할 수가 없었던 유저 대부분이 피해를 입었다.

[2,019의 대미지를 입습니다.]

운이 좋은 누군가는 하나의 조각에 불운이 짙게 내린 누군가는 일곱, 여덟 개의 조각에 가격당했다.

"미, 미친……!"

지금 희미하게 사라지는 궁수 유저는 불운에 해당했다. 무려 1만 4천에 달하는 HP를 잃으면서 단번에 로그아웃을 당한 까닭이었다.

"힐, 어서!"

"빨리!"

"탱커 앞으로 나서고, 딜러 뒤로!"

"사제부터 지켜!"

피해가 생각보다 컸다.

흐음.

이대로 두면 재차 공격을 가할 가능성이 높았다.

그건 막아야지.

무혁의 명령에 기마병이 다시 돌진해 갔다.

"온다."

"쳇, 좀만 늦었어도 공격 한 번 더 시도하려고 했더니."

"됐어. 천천히 가자고."

제임스가 탱커 유저를 바라봤다.

"카붐, 네가 막아."

"예."

"방어 이후에 유로, 한 번 더 부탁한다."

"알았어."

그사이 예리하게 생긴 백인 유저 카붐이 앞으로 나섰다. 다가오는 기마병을 무심히 바라보던 그가 숨을 크게 들이켰다.

꽤 가까워진 기마병을 향해서 터진 기합.

"크읍!"

거리가 꽤 떨어져 있던 유저가 비틀거렸다. 지근거리의 기마병들은 그보다 더 큰 피해를 입었다.

[기마병2의 HP가 하락합니다.]
[아머기마병3의 HP가 하락합니다.]
[아머기마병11의…….]

빠르게 솟구치는 메시지.
아머나이트1. 피해 흡수. 급히 드레이크의 장검에 붙은 특수옵션을 사용했다. 장검에서 뻗어 나간 빛이 기마병을 감쌌지만 조금 늦어버린 탓일까.

['기마병2'가 역소환됩니다.]
['기마병6'이…….]

생각보다 많은 기마병이 역소환되었다.
"허어."
설마 저런 방식으로 막아낼 줄이야.
방어이자 공격이었다.
그러나 무혁은 오히려 웃을 뿐이었다.
그래, 더 보여라.
그래야 저들의 전력을 정확하게 파악할 수 있을 테니까.
포이즌 오우거, 피어.
기마병 전원, 후퇴. 아머나이트, 원형 포위망 구축할 것.

기마궁수, 파워샷, 멀티샷.

그렇다고 소환수를 허무하게 잃을 생각은 없었다. 무혁은 신중하게 지휘하며 백호검법 3초식, 백호참의 쿨타임이 돌아올 때마다 스킬을 사용했다.

12초 남았고.

다시 지휘를 하면서 은밀하게 움직였다.

3초.

목표물을 찾는다.

흐음……!

사제는 모두 철저한 보호를 받고 있었기에 겨냥하기엔 어려웠다. 다른 유저를 찾던 무혁은 조금 동떨어진 유저 한 명을 노렸다.

백호참.

정확하게 맞혔지만 즉사는 뜨지 않았다.

별수 없지.

다시 간을 보면서 공방을 이어갔다.

조금씩이지만 분명 제임스가 포르마 대륙의 유저를 밀어붙이고 있었다. 무혁을 잡지는 못했지만 그의 소환수 대부분을 없앤 상태였다. 당연히 포르마 대륙의 용병도 상당수 죽인 상황이었고.

우린 아직 사망자가 없어.

카이온 대륙의 용병 역시 많이 죽었다.

다만, 제임스. 그가 이끄는 그룹은 한 명도 죽지 않았다.

이대로라면 무난하겠군.

"치유 마법은?"

사제들 일부가 고개를 저었다.

흐음, 간당간당한데.

하지만 분명한 것은 현 상태는 유리하다는 것. 지금은 공격을 이어가는 것만이 답이었다.

"유로, 쿨타임은?"

"돌아왔어."

"이번에 제대로 부탁 좀 하자."

"걱정 말라고. 스킬을 아주 그냥 난사를 해줄 테니까. 그보다 무혁. 그 유저 엄청 신경 쓰이네."

"무혁?"

"어, 아까부터 자꾸 공격하잖아. 피해야 괜찮은데……."

"아아, 즉사가 문제지."

"맞아. 아직 날 노린 적은 없지만 말이야."

"지금까지 여섯 명이 공격을 당했고 전부 아무런 이상이 없었어. 확률이 그만큼 낮다는 소리야. 전에는 내가 운이 정말 없었던 모양이고."

"너야 뭐, 운 없기로 소문이 자자하지."

"이 상황에 농담이 나오나?"

"농담 아닌데?"

유로가 킬킬거리며 웃는 순간이었다.

후웅.

다가오는 강한 기운에 놀라며 몸을 날렸지만 조금 늦었다.

서걱.

로브가 살짝 베어진 것이다.

"아, 괜찮아. 피해는 크지 않……."

대수롭지 않게 일어서려던 유로, 그의 표정이 굳어졌다. 떠오른 메시지가 평소와 다른 까닭이었다.

[즉사하셨습니다.]

행동도, 말도 불가능해졌다. 죽어버린 것이다.

치이익.

캡슐에서 나온 그의 표정은 황당함이 가득했다.

to be continued